嘻哈版 故事会

徐顾洲/编

情商故事
QINGSHANG GUSHI

丰富培养你的美好情操

兵器工业出版社

图书在版编目(CIP)数据

情商故事:丰富培养你的美好情操／徐顾洲编.—北京：兵器工业出版社,2013.1(2018.3 重印)
(嘻哈版故事会)
ISBN 978-7-80248-883-0

I.①情… II.①徐… III.①儿童故事—作品集—世界 IV.①I18

中国版本图书馆 CIP 数据核字(2013)第 006739 号

情商故事:丰富培养你的美好情操

出版发行:兵器工业出版社
封面设计:北京盛世博悦
责任编辑:宋丽华
总　策　划:北京辉煌鸿图文化发展有限公司
社　　　址:100089　北京市海淀区车道沟 10 号
经　　　销:各地新华书店
印　　　刷:北京一鑫印务有限责任公司
　　　　　(北京市顺义区北务镇政府西 200 米)
开　　　本:710mm×1000mm　1/16
印　　　张:13
字　　　数:128 千字
印　　　次:2018 年 3 月第 1 版第 2 次印刷
定　　　价:29.80 元

[版权所有　侵权必究]

内容简介

　　情商是一个人成长与成功道路上不可缺少的因素之一。人与人之间的情商并无明显的先天差别，更多与后天的培养息息相关。所以，对孩子进行情商教育，将关系到孩子的一生。一个人情商的形成开始于幼儿期，形成于儿童期和少年期，成熟于青年期。青少年时期不同于儿童期，他们这类人群的认识能力更强，因此本书在设计时根据青少年的特点，选了一些适合这个年龄层人群的故事。

　　本书从认知、批评、赞美、倾听和表达这五个方面入手，让青少年在学习、生活中认识自我、了解社会；学会表达自己的想法以及如何提出自己的意见，学会欣赏别人、鼓励别人，在敢于批评别人的同时，克服自己的缺点，勇于自我批评；学会尊重、学会宽容、学会博爱。每个章节都有一段概述性的话语，介绍本章内容以及通过本章内容是对哪方面的情商进行培养。每章都有20~30个情商小故事，这些故事有古代的也有现代的，有中国的也有外国的，有真实的也有寓言；每个故事都能透出一个哲理，同学们可以自己悟出其中的道理，也可以通过读故事后面的"心灵悟语"来体会故事中的道理。课余时间阅读这些小故事，让青少年在故事中成长，使自己的情商得到进一步的培养。

情商故事

目录

第一章 认知——
认识自我，了解社会

你值多少钱 / 3
走出自己的路 / 6
创造伟大的自我 / 9
人和自己的影像 / 11
生病的小丑 / 13
顽皮的小鱼 / 14
人不可貌相 / 16
脸上的烟灰 / 19
不知足的老鼠 / 21
蜘蛛和风湿病 / 23

老王骂天 / 25
吴五百押送和尚 / 27
最大的财富 / 29
麦当劳的故事 / 30
相对的幸福 / 32
茶杯与茶壶 / 33
态度决定心境 / 35
求人不如求己 / 37
木匠的门 / 40

第二章　批评——
合理表达，婉转提议

不说人之过 / 43
魏征的故事 / 45
泥像的悲哀 / 48
画家的创意 / 49
智者的螺丝钉 / 51
秦献公赏罚分明 / 53
错误的乐谱 / 55
子发母拒子入门 / 56

人民县长的穿戴 / 58
不竭泽而渔 / 60
彭德怀的故事 / 62
扼杀与讨论 / 64
林则徐筹款 / 66
剪发 / 69
短木尺 / 70
一个足球 / 71

第三章　赞美——
学会欣赏，勇于激励

赞美的艺术 / 75
失聪的老人 / 76
欣赏自己 / 78
完美的天使 / 80
喜欢的缘由 / 82
大仲马的成功 / 83
一块豆腐 / 85
上校的卡片 / 86

一条腿的鸭子 / 87
梦想的翅膀 / 89
小鹰学飞 / 91
小华生病 / 93
继母的赏识 / 95
稻草人的故事 / 97
河马的新衣 / 98
打算盘 / 99

情商故事

俾斯麦的评论 / 101
唐伯虎作诗 / 103
中奖 / 105
卖烟的商人 / 107

无形的鼓励 / 109
做好自己的事 / 111
被咬过的苹果 / 113
爱的延续 / 115

第四章 倾听——
克服自我，尊重对方

联欢会上的弹奏 / 119
人生路上的石头 / 121
鸭子与天鹅 / 122
被冤枉的小鸟 / 124
头悬梁锥刺股 / 126
睿智的狄仁杰 / 128
百分百生命 / 130
敲门 / 132
被冤枉的屠夫 / 134

有魅力的推销员 / 137
尊重 / 138
买不到的尊重 / 139
不该来的雨 / 141
童言 / 143
高山流水遇知音 / 144
可怜的鱼儿 / 146
最初拥有的感官 / 147
加了砒霜的蛋糕 / 148

第五章 表达——
掌握技巧，学会说话

国王解梦 / 151
可怜的流浪狗 / 153
被动过的日记 / 155

面试 / 157
掉在地上的五十元 / 159
劝架的艺术 / 160

三头牛的内讧 / 162

水上漂 / 164

真假谎言 / 166

说者无意听者有心 / 168

先说"是"还是先说"不" / 170

会说话的师傅 / 171

第六章 博爱、宽容——
学会付出，理解宽容

好心的水鬼 / 175

麻烦的订单 / 176

盲人开灯 / 178

第六只耳环 / 179

船和锚的故事 / 182

寻找满足 / 183

一毛不拔 / 185

摔碎的眼镜 / 187

课桌里的玩具 / 189

瘸腿小狗 / 191

三个小光头 / 193

隐私风波 / 195

铺路 / 196

杂草中的芳香 / 198

多一点宽容 / 199

第一章 认知——
认识自我，了解社会

　　自我认识是自我调节控制的心理基础，包括自我感觉、自我概念、自我观察、自我分析和自我评价。自我分析是在自我观察的基础上对自身状况的反思。自我评价是对自己能力、品德、行为等方面社会价值的评估，它最能代表一个人自我认识的水平。善待自己是自我认识的基础，控制情绪、自我激励、敢于梦想，自我就会变得越来越强大。

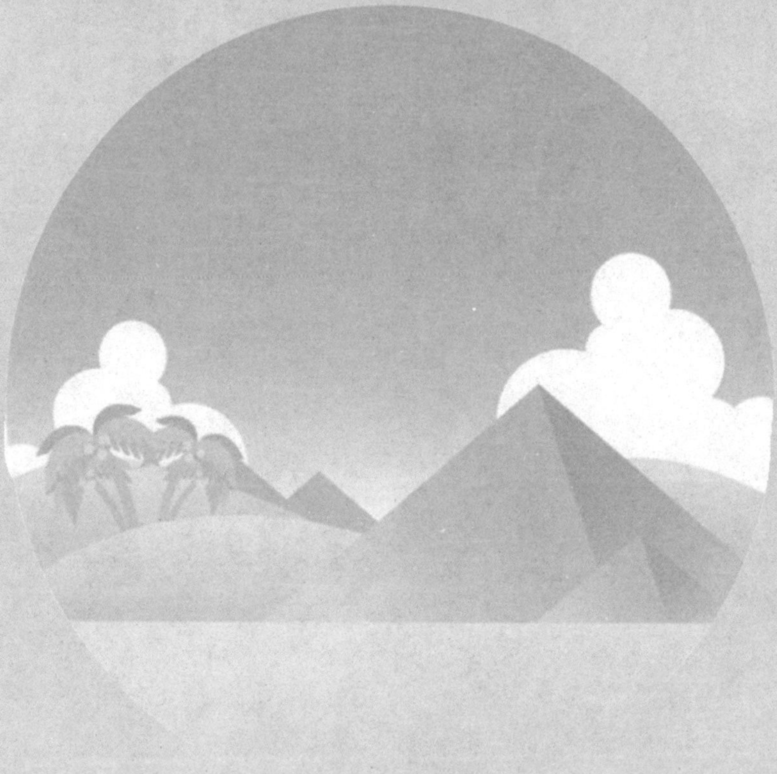

你值多少钱

从前有一个小和尚，他整天自怨自艾，感觉不到自己的价值，寺庙里的老和尚看到他整天愁眉苦脸的样子，就收他为徒，想让小和尚通过学习找到自己的价值，但一段时间后，他发现小和尚还是那样。为了启发徒弟，老和尚想出了一个办法。一天，他一大早叫来小和尚，给了他一块看似没什么不一样的石头，叫他去山下的菜市场里叫卖。小和尚觉得很奇怪，师傅为什么让自己去卖一块石头呢？但他仍欣然接受了师傅的要求，收拾了一下行装准备下山。临下山前，老和尚叫住了小和尚，对他说："徒弟，注意，我只是让你去菜市场上叫卖，但不要卖掉这块石头，你只要一直叫卖就行，看看多长时间后才会有人前来跟你询问这块石头的价格，这时，你也不要告诉他们这块石头的价格，让他们自己出价，晚上回来后，你只要告诉我这块石头在市场上能卖多少钱便可以了。"

本来叫卖石头这件事就很让徒弟疑惑不解了，临行前师傅这番话更让小和尚困惑，但他还是抱着那块石头，走下山，到了菜市场上，找了一块地方坐下来，开始叫卖。市场上，来来往往的很多人都用奇怪的眼光打量着那个小和尚，他们心想：这小和尚是哪里来的？为什么在菜市场里卖东西，而且卖的还是如此平凡的一块石头？过了一会儿，有几位面善的老人开始走上前来，询问小和尚这块石头的价格，还有一些人看小和尚可怜，打算购买这块石头。一天下来，小和尚很失望，因为那些愿意出价的人，最多的也只愿意付几个铜板来购买那块石头。晚上，小

嘻哈版 故事会

和尚失望地抱着那块石头回到了寺庙里，把这一天市场上发生的情况原原本本地告诉给了老和尚。

老和尚说："明天，你抱着这块石头去黄金市场，和今天一样，只叫卖，看看那儿的人会有什么反应。和今天一样，只了解价格，但不要卖掉。"于是第二天，小和尚抱着石头来到黄金市场，找了一个地方坐下来开始叫卖。和昨天不一样的是，很快，就有很多人围上来询问价格，甚至有人愿意出1000两银子来购买那块石头。小和尚非常高兴，立刻抱着石头回到寺庙，向师父回报令人兴奋的价格，并询问师傅，是不是应该卖出那块石头。

老和尚轻轻地摇了摇头，对小和尚说："不卖，明天，你带这块石头再去珠宝市场上，看看这块石头在那个市场上的价值，但是，无论别人出什么价格，也不要卖掉。"

小和尚迷茫了一个晚上，这一晚他都没有睡好，反复琢磨着师傅的用意。天很快就亮了，一大早，小和尚抱着那块"神奇的石头"去了珠宝市场。到那之后，他简直不敢相信自己的眼睛，那儿的人竟然争先恐后欣赏着他的那块"奇石"，纷纷竞价，突然，人群中竟然有人高喊愿意出5万两银子。小和尚的心里兴奋极了，5万两啊，但他还是遵从了师父的命令，没有卖掉石头。人们见小和尚对这样的价格仍然不满意，不愿意卖，便愈发疯狂了。他们此起彼伏地继续抬高价格：10万两、20万两、30万两……最后有一个人说，你要多少我给就多少，只要你肯卖！

天色渐晚，小和尚抱着石头，冲出人群，带着石头回到了寺庙里。气喘吁吁地对师傅说："师傅，这回咱们发大财了！"没想到，师傅却没有询问小和尚今天的情况，只是笑呵呵地对小和尚说："明天，京城有一场拍卖会，你把这块石头带到拍卖会上，看看那儿的人对这块石头的价值是怎么评估的，但还是一样，不要卖掉它。"小和尚这晚不止是

情商故事

没睡好了，简直彻夜难眠，瞪着窗外，等着天亮的那一刻。好不容易天刚蒙蒙亮，小和尚就起床了，来不及洗漱，他捧着石头跑到了拍卖行。拍卖师听说了黄金市场和珠宝市场上人们的议论，当他看到这块石头的时候，告诉小和尚这块石头是千年不遇的宝石，非常难得，因此要在今天拍卖会的最后再让这块宝石亮相。小和尚焦急地等待着拍卖的开始，终于轮到他了，结果，有个小国家的国王愿意出三个城池来和小和尚交换这块"奇石"，小和尚听后当场就晕倒了，后来，他和他的石头被人用轿子送回了山上的寺庙中。

小和尚醒来后，看见了师傅，他激动地指着石头对师傅说："师傅！您知道吗？……"

老和尚也指着石头，打断了他的话："其实，我并不打算卖掉它，不过现在你应该明白了吧，为什么石头始终是这一块，这几天无论是颜色还是形状，它都没有发生改变，而它的价值却一再地变化呢？而且，随之变化的还有你的想法和心境。我让你做这些事情，是想让你懂得一个道理，你以前整天觉得自己没有价值，就像当初我给你的那块石头，如果它是在菜市场中，那么它也就能卖一个菜价；但是在更高级的市场，它的价值也变得更高。"

菜市场、黄金市场、珠宝市场、拍卖会，就好比你人生中的每一个环境，有价值的人，只有在懂价值的人面前，才有价值。任何人对你的看法都是片面的，所以不要管别人怎么看你，关键是自己怎么看自己。在很大程度上，决定你价值的人就是你自己！

心灵悟语

相信你自己就是一块宝石，也许现在的环境影响你对你自己的判断，但是，环境只是客观的，不要让它影响你，只要你足够自信，足够了解自己，那就没有什么是做不到的。

走出自己的路

意大利著名指挥家阿尔图罗·托斯卡尼尼是20世纪最有才华的音乐指挥家之一,他也是要求最严格的指挥家之一。他指挥的时候,几乎不看乐谱,完全是凭借记忆来指挥。虽然这位受人称赞的指挥家身材瘦小,但他的坚韧不屈使他成为了一个举世瞩目的人物。

1867年3月25日,在意大利的帕尔玛,一个裁缝的家中,一声哇哇的啼哭声响起,一个男孩来到了这个世界上。这是一个极为普通的家庭,但谁也没有想到,就是在这个家庭中,创造了一个奇迹。在这间充满了针和线的裁缝的房间里,一个艺术家诞生了!房间的主人是一位裁缝,他崇拜着爱国将领加里·巴尔第,可以说没有受过任何音乐方面的熏陶;并且邻居、周围的任何环境都没有和音乐有一丝的联系,唯一可以说得上有联系的,就是他们生活的小城整天飘扬在歌声和旋律中,但所有的人都在这种别无选择的环境中熏陶着,却只有他创造了这个世界的奇迹,或者说世界只为他创造了一个奇迹。

9年之后,托斯卡尼尼便考入了帕尔玛音乐学院,主修大提琴,虽然他很有音乐方面的天分,可是上天也给了他一个很大的不足——天生弱视,每次练琴时,乐谱都要拿到眼睛跟前才看得见,但这样他根本无法一边看乐谱一边练琴。为了克服这个障碍,托斯卡尼尼想到一个办法,就是把每一个交响乐曲的乐谱背诵下来,这样他就不需要在演奏时看乐谱了。

情商故事

因为每一个乐谱都需要先背下来，再反复练习，所以他花在练习上的时间是其他演奏成员的许多倍，但是他并不觉得这是一件痛苦的事情，而是乐在其中。因为他发现，将乐谱背诵下来，自己就更能体会乐曲的真谛；于是，出于对音乐的喜爱和对乐曲真谛的追求，他又利用闲下来的时间去背其他乐器的乐谱，学习其他的乐器。经过两三年的努力，他就已经可以演奏交响乐团里的任意一种乐器了。

在这样一次偶然的情况下，托斯卡尼尼展示了他的才华，开始了自己的指挥生涯，成了20世纪最伟大的指挥家之一。与其说他是个幸运儿，不如说他对自己潜能的开发帮助了他。

后来，他加入了意大利歌剧团，由于表现出色，第二年就被安排随着乐团赴南美做巡回演出。里约热内卢是意大利歌剧团巡回演出的第一站，也是重要的一站。当天，剧院里坐满了热情的观众，乐池里的演奏员也一一就位，演出就要开始了。就在这时，意外却发生了，与乐团签约的巴西籍指挥家，因为无法适应意大利音乐的风格，便声称自己的身体欠佳，临场提出了辞职，并悄悄地离开了。乐团得知后只得找来候补的指挥执棒。演出准时开始了，然而，当候补的指挥站在舞台上时，观众席却传来了一片倒彩声，生生把替补指挥从指挥台上赶了下去。歌剧团的领队犯了难，找来了几位合唱队的成员，大家一起商量怎么才能让演出继续进行。大家十分焦急，目前这种尴尬的局面不允许他们取消演出，所以只能快速找到一位指挥才是上策，想到指挥的人选，大家不约而同地想到了新来的那位二十岁的大提琴手托斯卡尼尼。他们知道，

嘻哈版故事会

乐团中现在只有他了解所有交响乐的乐器。于是团长抱着试一试的想法找到了托斯卡尼尼，大家都以为他会认为他们在跟他开玩笑，并且不敢答应在这么重要的演出中指挥，可是托斯卡尼尼却欣然答应了。在这么短的时间内，他们无法雇佣到更好的指挥，只好让他试试看。

由于托斯卡尼尼很用心地学过各种乐器，熟知各种乐谱，站在指挥台上，他没有翻阅一下面前的乐谱，却指挥的非常顺畅。在他的指挥下，现场的各种乐器都发挥得淋漓尽致，把乐曲的真谛演奏了出来。结束时，全场掌声雷动，托斯卡尼尼出场谢幕了五次。当时，很多音乐评论家都认为这场演出是乐团有史以来最成功的演出。

第二天，乐团的团长与全体成员商量后，作了一个重要决定：不再聘任以前的指挥，并推举托斯卡尼尼为交响乐团的总指挥，从此，年轻的他成为当代极富盛名的指挥家。

托斯卡尼尼退休后，有记者曾经访问过他，问他是不是觉得自己很幸运，因为天生的弱视，有这样的障碍还能成为当代的著名指挥家。托斯卡尼尼想了一下，答道："不错，我的确是一个很幸运的人。但是我认为要成为一位幸运的人，平时一定要不断地努力准备。这样，当机会来临时，你已经准备好了！"

心灵悟语

机会不是每天都徘徊在我们的上空，如果我们平时能多花一点时间去学习，比别人多付出一点，认识自己，开发自己的潜能，当机会来临时，就会成为那个幸运儿。

创造伟大的自我

植物学家、冒险家林奈1707年生于瑞典，他的父亲是一位乡村牧师，非常喜好园艺，空闲的时候，他就精心打理自己花园里的花草树木。受父亲的影响，林奈小的时候也非常喜欢植物，八岁的时候就曾获得"小植物学家"这一别名。

小时候，林奈经常将自己在任何地方看到的不认识的植物小心采集一些，拿回家询问父亲，不方便采集的，他就仔细观察，回家后向父亲详细描述。每次，他父亲都细心地教他认识每一种他带回来的或者是描述到的植物。由于年龄偏小，小林奈经常出现同一种植物反复向父亲提问的情形，父亲发现这个现象后，以"不重复回答问题"的态度来督促林奈加强记忆方面的训练。正因如此，林奈的记忆力自幼就得到了良好的锻炼，他所认识的植物种类也越来越多。小学和中学，林奈的学习成绩并不突出，他只是对花草树木有异乎寻常的兴趣，因此，他把大部分的时间和精力都用于去野外采集植物标本及阅读植物学著作上。

1727年，林奈进入大学学习。在上大学期间，林奈系统地学习了博物学及采制生物标本的知识和方法。并充分利用大学的图书馆和植物园进行植物学的学习。1732年，林奈随一个探险队来到瑞典北部拉帕兰地区做野外考察，在这块荒凉地带，他发现了100多种新植物，收集了很多宝贵的资料。1735年，林奈周游欧洲各国，结识了一些著名的植物学家，并收集了瑞典没有的一些植物标本。

嘻哈版故事会

　　林奈在生物学中的最重要的成果就是建立了人为分类体系和双名制命名法。在林奈以前,由于没有一个统一的命名法则,各国学者都按自己的那套方法命名植物,致使植物学研究困难重重。林奈的植物分类方法和双名制被各国生物学家所接受,植物王国的混乱局面也因此被他调理的井然有序。他的工作促进了植物学的发展,林奈也成为近代植物分类学的奠基人。

　　对瑞典植物学家林奈来说,认识自己的道路早已在眼前,可是,要真正发现自己能够创造多么伟大的自我,却不是件容易的事。

心灵悟语

　　我们身边,连那些最有勇气的人,也鲜有勇气去认识真正的自己,因为"自己"并非隐藏在你的内心深处,而是在你无法想象的高处。

情商故事

人和自己的影像

　　从前有一个人,他是个自爱癖,认为自己是全天下最美的人。当然,他从来没有照过镜子,也不想去照镜子。他认为他的美貌没有人能够相比,即使买衣服的时候店家拿来镜子让他照,他也从来不相信镜子中的那个人是自己,而是店家的骗局。因此,从小到大,他从来没有看到过真实的自己,也不知道自己的样子是什么,越是这样,他心里就越觉得自己是这个世界最美的人,从而越感到满足。

　　神早就留意到了这个人,为了帮助他认识自我,改掉自爱癖这个坏习惯,神特别关照他,想帮帮他,所以无论他走到什么地方,都在他面前摆放一面镜子。家中、路上两侧的商铺、工作的地方,这个年轻

《哈雷姆之光》
莱顿(1830～1896年)
面对真实的自我需要勇气,但无论是美是丑那才是自己真正的形象,逃避现实是不可取的。

人的口袋里、背包中，甚至路上妇女们的腰带上也系着镜子。神要看看这个如此爱美的人该如何面对这些镜子。看到这种情况，使这个人一点办法都没有了！他选择了逃避，找了一处远离城市的地方，躲藏在最为隐蔽的树林中，再也不敢出门了。

在他藏身之处，有一条小溪，他需要到溪边取水喝，透过清澈的溪水，那一刻，他看到了真实的自我。他恼怒极了，想把小溪中的水都取出来，这样他就再也看不到溪水中的自己了，他拼命地用容器将小溪中的水往外取，可是无论如何，小溪中的水都取不净，而且取出来的水又流回到小溪中；于是他又想离开这条小溪，但小溪却很长，而且为了有水喝，他根本无法离开这条小溪，他不得不面对溪水中的自我！

心灵悟语

认清自我，才不会被蒙蔽。虚伪掩饰、不敢面对自己，只能是自欺欺人。

情商故事

生病的小丑

有一个人长期失眠，朋友劝他去看医生，他看了很多医生，但失眠并没有得到改善。有一次，他来到一个大的城市，这里的医生医术相对高明一些，于是他趁假期，来到一家有名的诊所，找到了一个名医。

医生问他："你身体哪里不舒服？"

他对医生说："我经常睡不着，失眠困扰着我！"

医生又问："那你是不是有什么烦心的事情？"

他说："我的心里充满了各式各样的忧虑和烦恼，我无法一一列举，真的太多了。"

医生详细检查了他的身体，为他做了一些化验，结果出来后，医生发现这个人并没有任何健康问题，只是情绪非常低落。因此，医生建议他多休息。

医生突然想到，城里刚来了一个马戏团，每周都有精彩的演出，于是对这个病人说："城里刚来的马戏团表演很精彩，我去看过了，特别是那个小丑，他的表演非常出色，他一定会逗笑你的，让你忘掉那些烦恼。"

病人听到医生的话并没有打起精神，反倒更加烦恼，他无奈地对医生说："没有用的，他帮不了我。因为我就是那个演出的小丑。"

心灵悟语

没有人能真正了解我们的内心，只有自己才是自己最好的帮手。

顽皮的小鱼

浩瀚的大海中有一条快乐的小鱼,有一天,它浮出水面,与海浪在海面上追逐、玩耍,随着海浪上下起伏着前进。小鱼觉得这有意思极了!它兴奋地问海浪:"你每天都像今天这样,过着这种刺激的生活吗?"海浪回答:"岂只每一天,每一刻都是这样!现在还算是平静呢,有时候狂风暴雨,那更刺激!"

小鱼兴奋地说:"真希望我也可以变成海浪,每天随风雨、潮汐流动,过这种刺激的生活。"小鱼在波浪里玩了没多久,就觉得累了,便对海浪说:"海浪,我累了,我想到海底去休息一会儿,你跟我一起去吧!"海浪没来得及回答小鱼,就被身后的一个大浪冲走了。小鱼只好自己潜到海底休息去了。

有了这一次的快乐对话,小鱼每天都要浮上海面和海浪一起做游戏,玩累了的时候,它都会邀请海浪去海底做客。可是每一次它让海浪和它一起到海底去,海浪都是没回答就被冲走了。小鱼下定决心,一定要跟着海浪问明原因,于是这一天,它又邀请海浪去海底,而这一次问完后,它便紧紧地跟着海浪,跟着被冲到很远的地方。

海浪看小鱼紧跟着它,便告诉小鱼:"我也很想到海底安静的地方去休息一下,可是我做不到!因为我一到海底就会死去。而且我身不由己,总是被后面的海浪推着走,我无法决定我要去哪里。一起风,我就得拼命跑,跑得都快累死;潮汐一变时,我全身都在发颤。我真希望

情商故事

自己做一条小鱼,像你一样多好,累了的时候,还可以潜到水底休息休息。"小海浪还没说完,就被后面的一个大浪打了几丈高,小鱼吓得赶快钻进了海底。

"像海浪这样生活实在是太可怕了,不能休息,还不能自主,我当初还觉得海浪的生活很刺激!现在发现,还是做一条小鱼比较好!"小鱼自言自语道。

心灵悟语

人们总是羡慕别人的生活,甚至觉得别人的生活才是自己理想的生活,其实你只看到了别人的幸福,并没有看到痛苦。你其实很幸福了,只是未察觉到。

人不可貌相

一只幼蛾飞出去游玩，它见到了美丽的蝴蝶。回家后，便向其他同伴抱怨，说："蝴蝶与我们属于同类昆虫，但是它们却有着五彩缤纷、雍容华贵的外衣，而我们却长得灰灰暗暗，一点也不漂亮。为什么我们不能像蝴蝶一样，能有招人喜爱的外表呢？你看，人们总是比较喜爱蝴蝶，而对我们，他们则一点好感都没有，这真是太不公平了。"

《大碗岛的星期天下午》 乔治·修拉（1859～1891年）

缤纷的蝴蝶也曾经是丑陋的毛虫；不起眼的蛾子、蚯蚓也是这美丽世界不能缺少的一份子，所以永远不要以貌取人。

情商故事

年长一些的蛾子温柔地对幼蛾说:"亲爱的孩子,你不能只看外表啊,在整个大自然的生态系统中,我们同样扮演着十分重要的角色,我们所担负的责任,也不是其他任何生物可以取代的。花儿不是全都在白天才会开放,那些夜间才会开放的花儿,是需要我们这些在夜间活动的飞蛾去传播花粉的。所以,有没有美丽的外衣并不重要,重要的是我们尽了自己的职责,做了自己应该做的事情。"

蝴蝶听到了飞蛾们的对话,也飞了过来,热心地对幼蛾说:"现在,懂得生态平衡的人越来越多了,了解你们作用的人也越来越多了,看不起你们的人不就越来越少了吗?你们对整个大自然的贡献也是很大的,你应该对此感到骄傲才对呀!"幼蛾听后,顿时恢复了往日的自信。

和幼蛾一样,小蚯蚓也很自卑,它也向母亲抱怨说:"我们的存在究竟有什么意义呢?我们如此的卑微、低贱,我觉得我们只不过是一无是处的废物。"

花儿听见了小蚯蚓的抱怨,便对它说:"生命是没有高低贵贱之分的,别人都没有轻视你,你为何要看轻你自己呢?"

小蚯蚓回答说:"我不会飞、不会跑、长得又这么难看,只会在土里慢慢地钻,根本没有什么优点可言。我总是觉得自己是多余的,总是感觉每个人都在嘲笑我。"

心灵悟语

很多事物我们都无法改变,我们可以改变的只有自己的看法和认识。乐于接受自己、肯定自己、超越自己,才会为社会做出更多的贡献。

嘻哈版 故事会

花儿说:"谁说的!你的作用可大呢!你能够消化垃圾,使泥土松软,作物因为你更有生命力。你看我,我就是因为有你们的存在,才能更好地茁壮成长、开花结果。所以我们都发自内心地感谢你们!"

听完花儿的话,小蚯蚓的母亲也耐心地对它说:"花儿讲得很有道理。每个生命的外形虽然不同,所拥有的才能也不会一样。任何生命,即使是最平庸的,也一定有某种才能和存在的价值。所以接受现实,尽职尽责地做好自己应该做的事情,就可以做出与众不同的贡献,拥有与众不同的幸福。"

脸上的烟灰

爱因斯坦小时候是一个十分贪玩的孩子，他经常和一些顽皮的孩子一起玩耍。他的母亲常常忧心忡忡，因为她觉得她的孩子太淘气了！她一而再再而三地告诫爱因斯坦应该怎样怎样做，然而对小爱因斯坦来讲，妈妈说的话如同耳旁风，他根本听不进去，也记不住。改变爱因斯坦的是一个故事，这件事发生在他16岁那年的秋天，他的父亲正要去河边钓鱼，却被爱因斯坦拦住，于是他的父亲就给他讲了这个故事。

"昨天，我和咱们的邻居去镇子南边的那家工厂清扫他们的大烟囱，那个烟囱很高，并且只有里面有梯子，只有通过那个梯子才能爬上去。邻居大叔在前面走，我跟在后面。我们抓着扶手，缓慢的一梯一梯的向上爬，终于爬上去了。我们清扫完烟囱后，下来时，邻居大叔依旧是走在前面，我跟在他的后面。钻出烟囱后，我才发现，邻居大叔的后背、脸上全都黑了，是被烟囱里的烟灰蹭黑的，而我的身上竟连一点烟灰也没有，很干净。"爱因斯坦的父亲继续对小爱因斯坦说："当时，我看见邻居大叔的样子，心想，我肯定和他一样，脸脏得像个小丑，衣服的后背肯定也都是烟灰，于是我就打算到附近的小河去洗洗，然后把衣服脱下来掸掸再回家；而邻居大叔呢，钻出烟囱后，他看见我干干净净的样子，就以为他也和我一样呢，于是就只拍了拍手上的脏土，用布简单地抹了抹，大模大样地上街了，往家的方向走去。结果，街上的人看到邻居大叔的样子，都偷偷地笑了起来，甚至有些人实在忍不住，哈哈大

笑，还以为自己看到了一个疯子在街上闲逛；而我来到河边后，透过河水，发现我的脸很干净，而且脱下衣服后，发现衣服上也没有烟灰。"

爱因斯坦听到邻居大叔出丑的情形，也忍不住和父亲一起大笑起来。父亲笑完后，却郑重地对小爱因斯坦说："其实，任何人都不能做你的镜子，只有自己才是自己的镜子。拿别人做镜子，白痴也会把自己照成天才的。"

爱因斯坦听后，明白了父亲话里的含义，顿时满脸愧色。从那以后，他就离开了那群顽皮的孩子们，不和他们一起玩耍了，并时时用自己做镜子来审视自己的行为，他的生命从此熠熠生辉。

心灵悟语

每个人都有其不同的人生目标和生活方式，盲目地追随别人只会让自己迷失方向。自己才是自己最可靠的人生向导。

情商故事

不知足的老鼠

在一片丛林中，生活着一只小老鼠，刚开始，它快快乐乐地在这里生活着，后来不知什么原因，它开始整日闷闷不乐。原来它认为自己的形象太难看了，灰头土脸的不说，还没有什么拿手的本领，而且生活

《荔鼠图》 朱瞻基（1399～1435年）
老鼠虽小，但也有自己的独到之处，在这个世界上没有绝对的强者

嘻哈版故事会

在社会的最底层。它很羡慕猫，觉得猫长得既漂亮，又有很多本领，会抓老鼠，还会爬树，多神气啊。

苦恼的小老鼠实在忍受不了自己的命运，来到山神面前，再三哀求山神能给予它帮助，把它变成一只猫。山神见它可怜，便答应了它的要求。于是，小老鼠变成了一只神气的猫。

可是没高兴几天，它又有了新的问题，原来它发现猫怕狗。于是它又去哀求山神，让山神把自己变成一只狗。山神又答应了它的要求。

可谁料，过了几天，它又发现狗怕狼，于是它又跑去请求山神把自己变成狼。

……

小老鼠在不停的变化中总是能够发现变化后的弱点，如此这般，它一路请求，一路变化，有一天，小老鼠终于变成了大象。

小老鼠昂首挺胸，在丛林中漫步，威风凛凛，它气派极了，其他的动物都在它的脚下，见了它都低头哈腰，恭恭敬敬的，小老鼠这时别提多高兴了。

可没过多久，小老鼠又有了一个新发现：原来大象最怕的竟然是小老鼠。这时它眼中最伟大的形象又变回了老鼠，于是它又跑去哀求山神变回自己。山神这次并没有答应它的要求，而是反问它："你原来不就是你现在认为的最伟大的老鼠吗？"

心灵悟语

没有绝对的英雄，也没有绝对的强者，只有在专门的领域，才会有相对的强者。要想改变自己，重要的不是克制对手，而是将自己的优势转化为实实在在的力量。

蜘蛛和风湿病

冥王制造了风湿病和蜘蛛，当它们长大以后，它们的父亲决定把它们派到人间，给人间带去灾祸和痛苦。冥王对它们说："孩子们，你们为自己骄傲吧，因为人类只要提起你们，个个都会感到毛骨悚然。现在你们可以给自己找个落脚的地方了，你们有没有看到那些窄小的破屋，还有那些高大、漂亮、金碧辉煌的建筑？我打算让你们居住在这些地方。你们协商一下，要不就抽签。"

蜘蛛说："我一点也不喜欢那些小屋。"风湿病却恰恰相反，它看到那些高大、漂亮、金碧辉煌的建筑里住着一些被称做医生的人，它认为自己住在那里绝对不会称心如意，于是它选了小破屋住了下来，高高兴兴地躺在一个穷人的脚趾里。它说："我不相信在这个地方我会没有事做。"

蜘蛛选择去了繁华世界中的建筑中，它选了一座豪宅安了家。它放下行李就开始了辛勤的工作，想先在窗户上结几个蜘蛛网，这样才能捉到昆虫。它辛勤劳作到天亮，终于大功告成，正当它躲在角落里等待着食物到来的时候，建筑里的一个仆人发现了窗户上的这张网，扫帚一挥，蜘蛛一夜的努力白费了。蜘蛛不甘心，继续织网准备捕食，可是这只可怜的蜘蛛无论在哪里织网，仆人都会在一大早发现，并用扫帚破坏掉。

风湿病的命运同样悲惨。这个穷人每天都要割草、劈柴、挑水，

干许多种重活,而且带着风湿病一样干得很卖力。他甚至认为,只有经常劳动,风湿病才不会再发作。

由于它俩都在现在的地方无法生存,于是两人见面商量,互相换一下,蜘蛛来到了穷人的家里,这里没有拿着扫帚的仆人,墙壁上、天花板的角落里,窗户上,到处都是结网的好地方。

风湿病也告别了那个穷人家,来到繁华的城市。它找到了一所豪华的别墅,这里成了它的天堂,它找到了一位好吃懒做的贵族,在他身上,它享受到了自己的快乐。

心灵悟语

每个人自身条件不同,所能接受的环境也不尽相同。找准适合自己的生活空间,你就能发挥自己的优势。

情商故事

老王骂天

一年，老王和老李所住的那片地区雨水特别多，倾盆大雨已经下了好几天，丝毫没有要停下的迹象。老王烦透了这样的天气，突然一个人跑到院子里，站在院子中央，抬着头，指着天空大骂起来：

"老天啊！老天！你太糊涂了！这么多的雨可把我给害苦了！你

《暴风雨》 乔尔乔内（1399～1435年）
天气的好坏我们无法决定，但我们可以决定自己的心情。

嘻哈版故事会

看看！我家的屋顶也漏了，我的衣服都湿了，我的粮食也潮了，连生火用的柴火都湿了！我怎么如此倒霉，看我这样对你有好处吗？赶快把雨停下来！还不停，还不停……"

这时，邻居老李听见了他的叫喊，走出来对老王说："你骂得倒挺带劲的，没发现自己被雨淋湿了吗？骂得还这么难听，老天听到后一定会被你气死，再也不给你下半滴雨，我看到时候你怎么办！"

"哼，老天要是能听到就好了，我骂了半天，我估计他一句也听不到！实际上一点用都没有。"老王气呼呼地回答。

"既然你知道一点用都没有，那你为什么还在这儿白费劲呢？"老李问。

老王听了顿时语塞，确实如此。

老李继续说："与其在这儿浪费时间骂天，不如先上房顶修好漏雨的地方，再向我借些柴火，烘干衣服，烘干粮食，然后安静地呆在屋里，做些更有用的事情。"

心灵悟语

有些事情我们无法支配，既然无法支配，与其在那怨天尤人，不如一心一意地支配自己能支配的事情，做好当下自己应该去做的事，这样更实际一些。

吴五百押送和尚

有一个爱喝酒的和尚，有一天，他来到吴国化缘。

和尚改不了爱喝酒的坏毛病，化来些碎银子就在街市上的酒店里买酒喝。一天，他喝酒喝得酩酊大醉，还袒胸露怀地站在路口对行人撒起野来。过往的行人看到这位耍酒疯的和尚都非常害怕，怕他不小心伤到自己，见了他都纷纷躲开。和尚见众人都躲开了，更生气了，借着酒劲殴打起行人来。

官府很快就知道了和尚殴打行人的行为，立即派人前来将和尚抓了起来。官府把和尚捆绑起来，戴上枷锁，准备把这个外地来的和尚押送回他的老家，于是就写了一道公文，交给差官吴五百，让他把和尚押送回老家去。

其实押送犯人是个苦差使，谁都不愿意干，吴五百也很不情愿，但是因为是上级直接下达的命令，他也没有办法，只能接了这个苦差使。但他心中非常生气，于是就把这一腔怒气都发泄到了和尚的身上。路上，他不停地责骂和尚说："你这个秃和尚，都是因为你，没事喝什么酒，喝完酒你好好睡觉不就得了，你还闹事！你要是不闹事，我能得了这么一个苦差使吗？等着吧你！等离开吴国国界，我非让你知道知道我的厉害不可！"

一路上，吴五百无时无刻不在折磨着这个和尚，天不亮他就把和尚踢醒起来赶路，他手里拿着个大木棍，一旦和尚想休息一会儿，他便

嘻哈版故事会

拿着木棍使劲地驱赶、殴打和尚，不让和尚休息；就连晚上睡觉的时候，他也用绳子将和尚的脚捆绑起来。一路上，和尚真是苦不堪言啊。

有一天，和尚实在忍受不了他对自己的虐待，就想出了一个办法。等到他们到了一个镇子上，和尚突然对吴五百说："这几天咱们日夜赶路，想必你也挺累的了！这个镇子挺大的，咱们找一间客栈，我这还有些银子，我来请客，咱们买一壶好酒，也好好歇歇脚，解解乏。"

吴五百禁不住和尚热情的邀请和美酒的诱惑，而且自己不用花钱，感到非常高兴，便答应了和尚的请求。他不加思索地端起酒杯就喝，喝完一杯，和尚就给他满一杯，就这样一杯一杯，吴五百一直喝到深夜，喝得烂醉如泥。而假装陪酒的和尚，却清醒得很！

和尚见吴五百醉倒了，便摸出吴五百身上的钥匙，解开了自己身上的枷锁，他脱了自己和吴五百的衣服，自己穿上了吴五百的，而脱下的那身犯人的衣服，他却给吴五百穿了，然后又将枷锁给吴五百戴上，用大绳子把吴五百的脚捆上。然后，和尚跑出去，找来了一把剃头刀，趁着吴五百酒醉将他的头发都剃光了，然后逃跑了。

吴五百昨晚喝得烂醉如泥，到了第二天日落时才醒来。他睁开眼睛一看，身边没有和尚。他四周环顾一下，仍然没有发现和尚的踪影，心想："哎呀！和尚逃跑了！"

他想起来赶快去追，却看见自己身上穿着和尚之前穿的那身衣服，而且自己也戴着和尚的枷锁。他想动一动，发现脚被绑着，他用手摸了摸自己的头，发现自己是光头。他立即大叫起来："和尚还在，只是我不见了！"

心灵悟语

如果不能时刻保持清醒的头脑，不但会误事，还有可能会失去自我。

情商故事

最大的财富

有位青年，他一直过着贫穷的生活，时常对自己现在的经济状况发牢骚。

一天，一位老人听到了他正在抱怨自己的生活，于是问道："你拥有如此丰厚的财富，为什么还要发牢骚呢？"。

"啊？我？财富？它在哪里？"青年人急切地问。

"你的一双眼睛啊。你只要能给我一只眼睛，我就可以把你想得到的东西全都给你。"

"不，我不能失去眼睛，哪怕是一只！"青年坚定地回答。

"好，既然眼睛不行，那么，把你的双手给我吧！我愿意用一袋黄金作补偿。"

"不行，不行，双手也不能给你！"

"既然有一双眼睛，那你就可以去学习；既然有一双手，那你就可以去劳动。现在，你自己知道你拥有什么样的财富了吧！这是多么丰厚的财富啊！"老人微笑着对青年说。

青年听后，恍然大悟，与其在这里抱怨，不如去学习，去劳动，去创造属于自己的财富。

心灵悟语

每个人都有自身存在的价值，上天赐予我们每个人最大的财富，就是我们自己。

麦当劳的故事

1937年，理查·麦当劳和莫里森·麦当劳两兄弟在洛杉矶东部的巴沙地那开始经营一家汽车餐厅，那时他们经营的还是一个规模极小而且相当简陋的小餐厅。一开始没有足够的人手，两兄弟就自己煎热狗、调奶昔，他们的餐厅有十来把带伞的椅子，由于没有雇佣服务员，他们就自行带位。由于是汽车餐厅，有些顾客需要在车中用餐，因此他们雇佣了3名汽车服务员，负责招待停车场内车中的客人。

这种经营方式一炮打响，整个行业也逐渐发展起来。到1940年，兄弟两人又在圣伯丁诺开设了一家规模更大的汽车餐厅，这家餐厅占地约70平方米，餐厅呈八角型，前半部分从天花板到柜台全部为玻璃窗户，透过窗户，顾客可以清楚地看到厨房，餐厅内没有设桌椅，只是沿着柜台边放了几把凳子。装修如此简单，却引起了消费者的注意。到20世纪40年代中期，餐厅已经扩大到可同时停放125辆汽车，他们还雇佣了20名服务员，菜单也更加丰富了，有25种食物可选。那时他们的年营业额达到了20万美元。

1948年，麦当劳兄弟已经积累了一定的财富，同时，他们也感到了一系列压力的到来：由于形式独特的餐厅很受欢迎，很快一炮打响，一时间，他们的首家"汽车餐厅"可以独领风骚。但后来，人们纷纷效仿，同类的"汽车餐厅"日益增多，麦当劳兄弟的生意大不如前。

面对困难，他们兄弟二人没有丝毫的退缩、沮丧和消沉，他们冥

情商故事

思苦想,并不是想着如何打败别的商家而是想着再一次勇敢超越自己的良策。他们摒弃了原有的服务理念,在"快"字上大做文章,以"想吃高档的请到别处去,想吃简单实惠和快捷的请到我这儿来"的全新经营理念吸引了千千万万顾客蜂拥而至,这个举措让他们的餐厅再一次获胜。

心灵悟语

人生最精彩的并不是你拥有多少金钱,而是你在某一关键的时刻,咬紧牙关战胜了自我。

相对的幸福

驴子看到主人精心照料他的马，而且还给它丰盛的饲料；而自己连糠麸都不够吃，还要做那么繁重的工作，便觉得自己实在太可怜了。

驴子经常悲伤地自言自语道："马真幸福，能够享受这么好的待遇！能成为一匹马该多好啊！"

不久，爆发了战事，马上了战场，和全副武装的战士一起不顾枪林弹雨，冲锋陷阵。战事很激烈，马不幸受伤倒下了，驴子见到后，一改往日悲伤的态度，暗自庆幸地说："原来马也不是好当的，现在它比我那个时候还要可怜呢！我还是做我自己吧！"

心灵悟语

人在很多时候总是觉得别人的好，但是那些看来幸福的人也有其不幸与困扰。所以好好珍惜你现在拥有的，才会快乐。

茶杯与茶壶

从前，有一位年轻人，他觉得自己的人生充满了失意，他满怀着失望，千里迢迢来到一座寺庙，找到了这里的住持，对住持说："我一心一意想要学习丹青，但至今也没有找到一位能让我心满意足的老师，失望极了！"

住持笑了笑，问这位年轻人："听你说你走南闯北有十几年了，就真没能找到一个让自己满意的老师吗？"

年轻人深深叹了口气说："是的，许多人都是徒有虚名啊，我见过他们的画，有的老师画技还不如我呢！"

住持听后，淡淡一笑，对年轻人说："老衲虽然不懂丹青，但也很喜欢收藏一些名家的精品。既然施主的画技不比那些名家逊色，就烦请施主为老衲也留下一幅墨宝吧。"说完，便吩咐一位小和尚去准备笔墨纸砚。

住持接着说："老衲最大的爱好，就是品茗饮茶，尤其喜爱那些造型流畅的古朴茶具。施主可否为我画一个茶杯和一个茶壶？"

年轻人听后，说："这太容易了！"于是走到小和尚为他准备的笔墨纸砚前，调了一砚浓墨，铺开宣纸。寥寥数笔，他就画出一个倾斜的茶壶和一个造型典雅的茶杯。那茶壶的壶嘴儿仿佛正徐徐冒出一脉茶水来，注入到那茶杯中去。画完后，年轻人把画呈给住持，问："您看，这幅画您满意吗？"

嘻哈版 故事会

　　住持看后微微一笑，摇了摇头说："你画得确实不错，只是茶壶和茶杯的位置画错了。应该是茶杯在上，茶壶在下才对。"

　　年轻人听后，哈哈大笑道："大师，您为何如此糊涂呀，只有茶壶往茶杯里注水，茶杯怎么能在茶壶的上面啊？"

　　住持听了，感叹道："原来你懂得这个道理啊！你自己渴望自己的杯子里能注入那些丹青名家的香茗，但总把自己的杯子放得比那些茶壶还要高，香茗怎么能注入进你的杯子里呢？只有把自己的位置放低一些，你才能吸纳别人的智慧和经验啊。"

　　年轻人听后满脸通红，顿时明白了住持的用意。

心灵悟语

　　自己的能力不是用来炫耀的，只有虚心接纳别人的意见，才可以充实自己，自己才会变得更加强大。

态度决定心境

有户人家觉得自己家里的墙壁该粉刷了，于是家中的女主人——一位老太太，便请了一位油漆匠到家里来粉刷自己的墙壁。

油漆匠准时来到她家，他进门后准备开始自己的工作，却无意中发现老太太的丈夫是位双目失明的人，油漆匠的眼中顿时流露出怜悯的目光。在工作的时候，他发现这家的男主人是位开朗乐观的人，并没有因为自己双目失明带来的不便而感到沮丧。油漆匠在她家工作的几天中，

《Bodegón》 Francisco de Zurbarán（1598～1664年）
生活中的一点一滴都可以体现出人们的生活态度，无论艺术家还是油漆匠只要他们认真做好自己的工作，过好自己的生活，那么他们都是生活的胜利者。

嘻哈版故事会

他们谈得很投机，而油漆匠在谈话中，也从未问起男主人的缺陷。

很快，油漆匠的工作完毕了，他将账单交给了老太太，老太太拿过账单，发现比原来谈妥的价钱便宜了很多，油漆匠似乎给他们打了一个很大折扣。她惊讶地问油漆匠："你怎么少算这么多呢？"

油漆匠回答她说："因为这几天我跟您先生在一起谈话谈得很投机，我觉得我这几天工作得很快乐，您先生对人生的态度，使我觉得自己的境况还不算是最坏的。所以减去的那一部分，算是我对他表示的一点感谢，因为他，我不再把我这份工作看得那么辛苦了！"

油漆匠对这位太太丈夫的推崇，使她流下了眼泪。老太太不知道说什么才好，因为这位慷慨的油漆匠，自己也是一位残疾人，因为他只有一只手。

心灵悟语

态度就像是一块磁铁，无论思想是正面的还是负面的，我们都会受到它的牵引。我们的人生朝着一个特定方向前进，就像车轮一样，无法改变，但我们可以改变我们的人生观；也就是说，我们无法改变环境，但是我们可以改变心境。

求人不如求己

　　方晴上大学的时候，系里有两位老师，谭老师和张老师，他们是一对令师生们都很羡慕的年轻夫妻。听系里的其他老师们说，他们俩是同学，在同一所大学里读研究生时认识的，而且毕业后，一同来到方晴的大学从事教育工作，而且教的都是哲学。

　　这对年轻夫妻，真是充分发扬了"读万卷书，行万里路"的风格，他们俩在平时教课的空闲时间，总是泡在学校的图书馆中，学生们总能在图书馆看到他们的身影；而放假的时候，或是在寒假，或是在暑假，他们也总是抽时间去游历祖国的名山大川。

　　有一次，放寒假，他们来到了一座坐落于名山深处的千年古刹。这座古刹里面住着一位远近闻名、德高望重的禅师，因为这位禅师，这座寺庙的香火非常好。他们带着心中的疑问，拜访了这位传说中的禅师。

　　他们向禅师请教："您认为人真的有命运吗？"

　　"有的。"禅师明确地回答。

　　"那我们的命运是什么呢？"他们又问。

　　禅师看了看他们双方的掌纹，指着他们的手掌，问："看看你们手中的这几条掌纹，这几条线的名字你们一定知道吧？"

　　他们回答："这条线叫做生命线，那条斜着的线叫做爱情线，另外一条是事业线。"学哲学的他们，突然感觉这有些迷信。

　　禅师说："很对！生命、爱情和事业这三条线，基本上就可以代

表一个人的命运了；而你们这一男一女，又可以代表许许多多的男男女女。"接着，禅师让他们跟着自己做了一个动作：把张开的手慢慢地握起来，握得紧紧的。

禅师又问道："现在，你们说，生命、爱情和事业这三条线在哪里呢？"

夫妻俩毫不疑惑地说："当然在我们的手里啊！"

禅师又问："那命运呢？"

……

妙啊！他们喜出望外，不得不佩服禅师的睿智。确实，每个人的命运都掌握在自己的手中，而不是在别人的嘴里。

回去后，他们将这次拜访的经历写进了教案，而这次拜访也成了后来哲学课上生动而深刻的事例。

转眼到了暑假，夫妻俩决定再去拜访这位禅师。因为他们还要向禅师请教一个问题：生命、爱情和事业这手掌中的三条线是不是可以改变的？这是他们在教学中遇到的一个较难讲透彻的问题。

这座古刹的庭院内，有一座这位禅师的塑像，是崇拜他的人为了表达对他的敬仰为他修建的。当这对夫妻刚刚踏进古刹的庭院时，就看到一名禅师正在塑像前虔诚地求拜着。他们走近也准备行礼，看到行礼的禅师时，不禁大吃一惊，这位禅师竟和他们请教过的那位禅师长得一模一样。

他们疑惑地询问求拜者："您是不是这位禅师的孪生兄弟啊？"

"不是。我没有孪生兄弟，我就是我。"求拜者头也没抬地答道。

"那您为何自己求拜自己？"

禅师笑道："因为我也遇到了难事。我知道，求人不如求己。"

……

情商故事

　　夫妻俩顿时心领神会，不得不佩服禅师的自信。看来，凡人之所以为凡人，可能就是因为凡人遇事喜欢求人；而禅师之所以为禅师，大概就是因为他知道，求人不如求己。

心灵悟语

　　人人都能像这位禅师那样对待命运，就能学会主宰自己的命运！要想过得幸福，全靠我们自己！

木匠的门

有一个木匠,他最拿手的就是做门,他做的门既漂亮又坚固耐用。于是,他给自己家也做了一扇门,在当时,他家的门无论是用料还是做工都是最好的,他相信这个门一定会用很长时间。

用了一段时间后,门上的钉子锈了,木匠就起掉锈了的钉子,换了一颗新的。后来,下面被踢掉了一块板,木匠就找了一块新的板子,补了上去,门又完好如初了。就这样,这扇门只要一出现坏的地方,木匠都会找来材料,将坏掉的门修理一番,门又能正常使用了。若干年后,这扇门的用料,无论是门板、钉子,甚至是门闩,几乎都已经换了一遍了。这扇门虽破损过无数次,但经过木匠的精心修理,仍坚固耐用。木匠对此感到非常的自豪。

忽然有一天,邻居来串门,打听到原来他是木匠,便好奇地询问他说:"你是木匠,但你家的门为什么是这样的呢?"木匠仔细看了看自己家的门,又看了看邻居家的,才发现邻居家的门是现在最新的样式,质地优良,用料虽是现在最好的,而自己家的门,用料也是现在最好的,却又老又破,满是补丁。

木匠突然明白了:哈哈,原来是自己的这门手艺阻碍了自家门的发展啊。

心灵悟语

墨守成规,只能将事情办糟。思维要随事物的变化而变化,你才能适应这个世界的发展,不让自己被自己的长处绊住。

第二章 批评——
合理表达，婉转提议

批评既是一种重要的激励方式，又是一种有效的沟通信号，需要认识的是，这种手段不仅是指向结果的工具，它更大程度上是一门直击心灵的艺术。批评之所以是一门艺术，在于它并非只要满足某些既定的条件即可得到某种确定的结果，而更多地取决于一些微妙的、甚至难以言传的感应和领悟，特别注重对批评对象、时机、场合和方式的选择。所谓"运用之妙，存乎一心"，对批评艺术的巧妙运用可以使事情变得事半功倍。

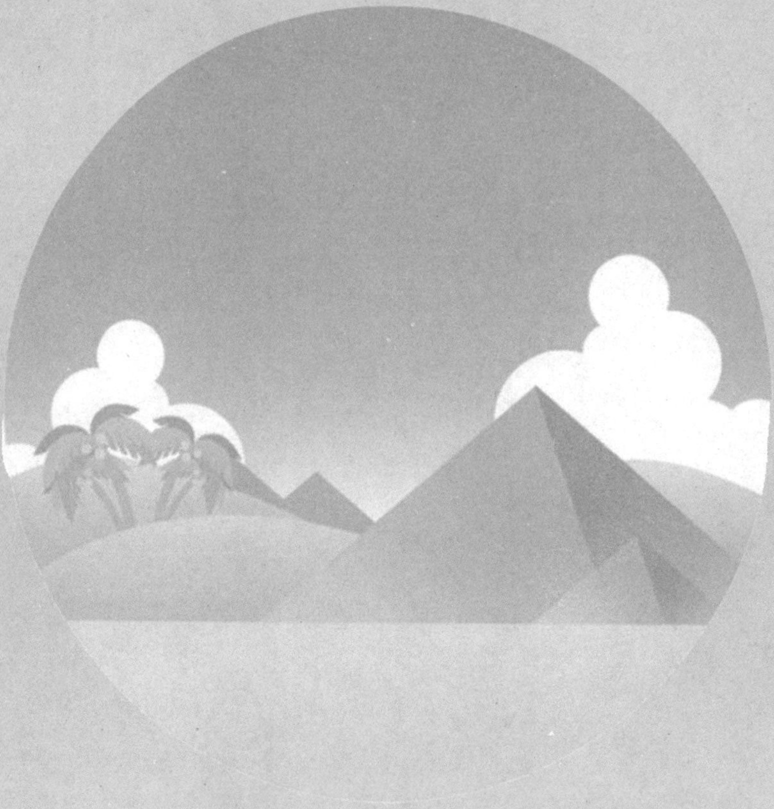

不说人之过

春秋时期，齐国有一个叫高缭的人，他被齐相晏子招到府上做事。这个高缭工作认真负责，凡是晏子吩咐之事，他都尽心尽力地完成，但对于本职工作之外的事情，他总是事不关己，不想多承担一点责任，不愿多提一点建议。就这样，高缭在晏子门下待了三年，从来没有犯过错。

可是突然有一天，晏子没有任何的原因就把他辞退了。

晏子的其他手下觉得很奇怪，劝晏子说："高缭为你做事已经三年，从来没有办错事，你不给他奖励倒也罢了，可是还要将他辞退，似乎太过分了吧。"

晏子说："我是个能力有限的人，正如一块弯弯曲曲的木头，

《三教图》 丁云鹏（1547～？）
我国自古对贤者就有很明确的定位，图中儒释道三家的创始人可以说是贤者最典型的代表了。

嘻哈版故事会

必须经过加工处理后，才能做成一件有用的器具。每个人都会有自己的毛病和缺点，但是如果别人发现了你的缺点，却没有提出来的话，自己是看不到的。高缭这个人，在我身边足足待了三年，看见我的过错，却从来不说，这样对我有什么好处呢？所以，我把他辞退了。"

在晏子看来，高缭的"多一事不如少一事"就是失职。他三年不愿多做一点职责之外的事，不提任何建议，不主动献计献策，就是无用之人，将其辞退，理所当然。

心灵悟语

一个正直的人应该既不专做"好好先生"，也不讳疾忌医，应勇于开展批评与自我批评。

魏征的故事

在中国的历史上,唐初宰相魏征以敢于向皇帝直言进谏著称。不论什么时候,只要唐太宗有做得不对的地方,魏征就会提出来,并且据理力争进行劝说,即使唐太宗因此而大发脾气,魏征也毫不畏惧,照旧慷慨陈词。

其实,唐太宗对魏征既赏识又敬畏。魏征病逝后,唐太宗悲伤地说:"一个人用铜作镜子,可以照见自己的衣帽是不是穿戴得整齐;用历史作镜子,可以知道国家兴亡的原因;用人作镜子,就能发现自己做得对与不对。现在魏征死了,我就失去了最珍贵的一面镜子啊。"

为什么唐太宗会把魏征当作自己的镜子呢?这当然是有原因的。

魏征出身非常卑微,他少年时,孤苦贫困,还曾经出家当过道士。但他喜欢读书,喜欢钻研古籍,年少时就已经读过很多古籍名著,因此学识非常丰富。隋朝末年,魏征参加了反对隋朝暴政的起义。后来,他投靠唐高祖李渊创建的唐王朝,为太子李建成做事。由于魏征才华出众,因此很受太子的器重。

后来,唐高祖的二儿子李世民发动"玄武门兵变",杀死哥哥李建成。年轻敏锐的李世民知道魏征是个人才,没有杀他,还亲自召见了他。

李世民一见魏征,便非常生气地责问他:"你为什么要离间我们兄弟的感情?"在场的大臣们都觉得魏征难逃杀身之祸了。

可是魏征却从容自若,以非常自信的口气回答说:"如果皇太子

嘻哈版故事会

早听我的话，肯定不会落到今天这样的下场。"李世民听后并没有生气，却被魏征这种不畏强权及正直的精神所感动，他从心里钦佩魏征的人格。因此，李世民不但没有处罚魏征，反而重用了他。

不久李世民便即位，成为唐太宗。唐太宗委任魏征为谏议大夫，就是专门向皇帝提意见的这么一个职位，随后又提拔魏征做了宰相。

建国之初，唐太宗励精图治，经常召见魏征，与他讨论治国施政的得失。魏征胸怀大志，胆识超群，以实事求是的精神大胆进谏。在魏征任职的几十年间，他为了使大唐民富国强，先后向唐太宗进谏了两百多次。每一次，唐太宗都是慎重地考虑了他所提出的意见，尽量采纳。

有一次，唐太宗违反了他制定的18岁成年男子才须服兵役的规定，决定征召16岁以上18岁以下、身材高大的男子从军。命令发出以后，魏征极力反对，唐太宗十分生气，派人把魏征叫来，大加训斥。但魏征却毫不畏惧，非常严肃地进谏说："您现在把强壮的男人都抽去服兵役，那么田由谁来种？工由谁来做？您常常讲，我当国君，首先要讲信用，可是当初您制定的法律明文规定，男丁中的强壮者才需服兵役，您为什么不遵守呢？您这样做，在老百姓面前不就失去信用了吗？"

魏征的这一番话，把唐太宗一肚子的怒火浇灭了。魏征说的一点都没错啊！他心悦诚服地对魏征说："先生真是我和国家的一面镜子啊！我原先以为你太固执，不通情理，现在听了你的话，觉得很有道理。政令前后不一，百姓不知所措，国家是无法治理得好的。"于是，唐太宗立刻下令，停止征召这个年龄段的男性服役，还奖赏了魏征。

在个人享乐方面，魏征经常犯颜直谏。有一次，唐太宗想去南山打猎，车马都准备好了，最后还是没敢去。魏征问他为什么没出去，唐太宗说："我起初是很想去打猎，可又怕你责备，就不敢出去了。"还有一次，唐太宗从长安去洛阳，因为当地官员服侍得不好，唐太宗很生气。魏征对太宗说："隋炀帝就是因为无限制地追求享乐而灭亡的。

情商故事

现在因为供奉不好就发脾气，以后必然上行下效，各地方拼命供奉陛下，以求陛下满意。供奉是有限的，人的奢侈欲望是无限的，如此下去，隋朝的悲剧又该重演了。"唐太宗听了这番话后肃然心惊，以后便很注意节俭了。

敢于直言劝谏的魏征不仅为国家立下了不朽的功勋，也成为以后历朝官员效法的榜样。

心灵悟语

魏征作为一个古代的政治家，不仅能看出封建时代为君治国的深刻道理，还能在人们歌颂他的时候，依然保持清醒的头脑，坚持直言进谏。魏征的思想和行为，值得我们学习。

嘻哈版故事会

泥像的悲哀

道路的旁边有一座小庙，香案上供奉着孔子、太上老君和释迦牟尼三尊泥塑像。

有一位道士跨进庙门后，一见太上老君的泥像放在旁边的位置上，便破口大骂道："真是混账，我教祖乃是玄圣之首，怎能摆放在这样的位置上？"说罢，他捋起袍袖，把太上老君的泥像搬到了香案正中间。

过了一会儿，庙里又来了一位老和尚，他走进庙里，看到塑像的摆放位置，合掌念道："阿弥陀佛，如来至尊，安能在下？"念完，就哼哧哼哧地动手把释迦牟尼的泥像抱到了中间的位置上。

没过多久，小庙中又走进来一个秀才，他看到泥像的摆放位置，摇头哼道："孔夫子乃万世师表，理当居首，这是谁竟然把孔圣人的像放在了旁边，成何体统。"说罢，就上前把孔子的泥像移到了香案的正中。

就这样，小庙不停地有香客拜访，他们见一个，搬一个，搬来搬去，没多久，泥像外面的彩皮都被蹭掉了，露出一块块难看的黄泥巴。到最后，根本分不出哪尊泥像是谁的了。

三位泥圣人你看看我，我看看你，叹息着说："你们看看，咱们本来好好的，却被人们搬来搬去，现在弄得缺胳膊少腿了。"

心灵悟语

为个人或小团体的利益而拼命争地位、排名次的人大有人在。一件事物会得到怎样的评价，是由事物本身的性质所决定的，而不是靠主观的褒贬来判断的。

情商故事

画家的创意

在巴黎有两位画家,他们都享有盛名。这两人很有趣,他们不相往来,却又密切注意对方的一举一动,而且两人谁也不服谁。

两人时常在媒体上互相指责对方:"他最近的那部作品,布局一

《画家的蜜月》 莱顿(1830～1896年)
称赞与欣赏固然可以让我们欢欣鼓舞,但批评也同样能成为我们成功的动力。

点都不协调，简直就是涂鸦。"要不然就是"他的画要么苍白无力，要么乱七八糟，不知所云！"

一次，其中的一位画家要参加一个国际画展，为了赶在展出前能够创作出新的作品，他在工作室中夜以继日地画了三天三夜，除了画画之外，他什么都没做，更没有出门，甚至连吃饭睡觉都在工作室里进行的。

就在作品快要完成的时候，他的一位朋友前来看他，这位画家正在修饰他作品中人物的表情。朋友刚要开口，还没说出来，就听这位画家忽然大声说："哈哈！我的那个死对头，一定会在这处挑毛病的！"

他的朋友听他这么一说，不解地问道："你既然知道他会批评这个地方，为什么不把这里画得更好一些呢？"

画家微微一笑，回答："我就是为了让他批评才故意画成这样的，如果没有了他的批评，我的创意也就没有了。"

朋友听到后，急忙告诉画家他刚才想要说却没有说出来的话："可是，他昨天因一场意外的车祸不治身亡了。"

画家听到朋友的话，身子一僵，手里的画笔一下子掉落地上。

从此，这个画家再也没有独具创意的作品问世了。

心灵悟语

批评的声音让我们可以看清自己，如果生活中缺少了这种声音，我们人生的道路就好像少了一些指引。

智者的螺丝钉

村子旁边有一座小山，山顶住着一位智者，由于他的胡子都白了，所以谁也不知道这位智者到底有多大年纪。

村子里的男女老少都非常尊敬他，不论谁遇到了难事，都去请他出主意，后来发展到村子里的男女老少，不论大事小情，都来找他，请求他给他们一些忠告。

遇到这样的事情，智者总是笑眯眯地回答说："我能提些什么忠告呢？"

有一天，村里的一位年轻人来找这个智者，求他给些忠告。

智者仍然像之前一样，婉言谢绝，但这位年轻人却苦缠不放。

智者无奈，他拿来两块很窄的木条，两小把钉子，一把是螺丝钉，另一把是直钉。

接着，他又找来了一把锤子，一把钳子和一个改锥。

他先用锤子往窄木条上钉直钉，但这个木条的材质很硬，他费了很大劲也钉不进去，却把钉子砸弯了，不得不换一根。

他又试了好多次，一会儿工夫，好几根直钉都被砸弯了。

最后，他用钳子固定住钉子，用锤子使劲的砸，钉子总算砸进木条里面去了。但他发现砸进去也是前功尽弃了，因为那根木条因为那颗钉子裂成了两半。

智者又拿起一颗螺丝钉，准备好改锥和锤子，他先用锤子轻轻地

嘻哈版 故事会

将钉子的尖部固定在木板上，这一点都不费劲，只是轻轻一砸，然后他又拿起手边的改锥拧了起来，没费多大力气，螺丝钉便钻进木条里了，木条也没有被损坏。

那一小把直钉剩下没几个了，而那一把螺丝钉，只用了一个。

智者指着两块木板笑笑，对年轻人说："其实，忠言不必逆耳，良药也不必苦口，硬碰硬有什么好处呢？说的人生气，听的人上火，最后伤了和气，好心变成了冷漠，友谊变成了仇恨。我活了这么久，只有一条经验，那就是绝对不直接给任何人忠告。当需要指出别人的错误的时候，我会像这颗螺丝钉一样，婉转曲折地表达自己的意见和建议。"

心灵悟语

在人际交往中，要学会像螺丝钉一样，婉转曲折地表达自己想法。这样，你的人际关系才会和谐。

秦献公赏罚分明

秦惠公死后,他年幼的小儿子即位,人称"小主"。由于小主年龄太小了,根本无法参政议政,所以他的母亲就把持了国政,并重用了奄变这个人。奄变为人非常奸诈,在他的"参谋"下,不久秦国就变得一团糟。贤人们都愤愤不平,隐匿起来,没有人打算站出来帮助小主,老百姓也都怨声载道。

公子连此时正流亡在魏国,他觉得时机已经成熟了,就打算乘这个机会回到秦国,夺取本该属于自己的政权,取代小主,做秦国的国君。于是,他在秦国大臣和百姓的支持下回到了秦国,来到了郑所要塞。

郑所要塞的守将是右主然,他下令严加防守,不能放公子连进城,他对城下的公子连说道:"实在对不起公子了,俗话说:忠臣不事二主。公子您还是尽快离开这里吧!"

情况迫不得已,公子连只好离开了郑所要塞,进入北狄,转道来到了焉氏要塞。守塞的菌改把他放了进去。小主的母亲和奄变听到这个消息后,大惊失色,马上下令,起兵攻打公子连。

秦国的将士们接到了攻打敌寇的命令后,在出发的时候都口口声声地说:"我们去迎击敌寇!"但走到半路时,将士们乘机发动了政变,他们说:"我们不是去迎击敌寇,而是去迎接国君。"

于是,公子连带领军队杀回了国都,小主的母亲走投无路,自杀身亡。公子连于是成为了秦国的国君,就是秦献公。

· 53 ·

嘻哈版故事会

秦献公登基后准备重赏有功劳的人员。他很感激菌改，想大大地赏赐他；同时，他又很怨恨右主然，想重重地处罚他。

大臣监突了解到秦献公的打算后，便进谏道："国君，您这样做不行。秦国公子流亡在外的有很多，如果您这样做的话，大臣们就会争先恐后地把流亡在外的公子放进国来，这对您将是非常不利的。"

秦献公想了想，认为监突的意见确实非常有道理。于是他下令赦免了右主然，赐菌改以官大夫的爵位，赏给守塞的士兵每人二十石米。

心灵悟语

赏罚应该看一个人的行为将会导致什么结果，而不是由个人对此人的爱憎来决定。

错误的乐谱

　　小泽征尔是世界著名的指挥家。在他还没有成名之前，曾经在欧洲参加过指挥家大赛，并顺利进入前三名。在进行决赛时，他被安排在最后一个参赛。评委会给他一张乐谱，是一个他从未指挥过的曲子。

　　小泽征尔以优雅的风度，全神贯注地挥动着手中的指挥棒，对面，是一支世界一流水平的乐队。他按照评委会给他的乐谱指挥着，突然感觉有一个地方不和谐。开始，他以为是乐队演奏错了，便停下来，要求乐队重新演奏，但是到了那个乐章时，仍旧感觉不和谐。他停下来，询问评委会这个乐谱的正确性，但是评委会成员一致说乐谱完全正确，一定是他感觉错了。面对在场的权威人士，小泽征尔又看了看乐谱，思考片刻，便大声说道："不，这个乐谱一定有错！"话音刚落，评判席上立即响起了掌声。原来，这是评委们精心设计的考题。而在他之前参赛的两名指挥就是因为盲从，被否定后不坚持自己的原则，不敢提出自己的意见，从而被淘汰了。小泽征尔获得了大赛的桂冠，也是这个大赛唯一的获奖者。

心灵悟语

　　当你肯定自己的判断后，向权威提出不同的意见，有时候坚决果断一些，反而会收到好的效果。当然，这个前提是你对自己的判断有足够的把握。

嘻哈版故事会

子发母拒子入门

子发是战国时期楚国的一位大将军。有一次，子发奉楚宣王之命，带兵与秦国作战。这场战斗打得十分艰苦，前线已经断了粮草，子发立刻派人向楚王告急。使者见过楚王之后，顺便去看望了一下子发的老母。

《秋庭婴戏图》 苏汉臣（生卒年不详）
孩子成长所需要的不仅是好的生活环境，更离不开家长的言传身教。

情商故事

老人问使者："兵士们现在都好吗？"

使者回答说："前线还有一些豆子，但士兵们只能一粒一粒分着吃了。"

子发的母亲又问："那你们的将军身体还好吗？"

使者回答道："老人家，您放心吧！将军每餐都能吃到肉和米饭，身体很好。"

子发的母亲听到后，非常不高兴，但也没说什么。

子发终于大败秦军，得胜归来，当他见过楚王，回家准备向母亲报平安的时候，母亲却将家中的大门紧闭，不让他进家门，并派人对家门口的子发说："你让士兵饿着肚子打仗，自己却有吃有喝，你这样的将军，即便是打了胜仗，功劳也不是你的。"母亲又说："越王勾践伐吴的时候，有人献给他一罐酒，越王让人把酒倒在江的上游，叫士兵们一起饮下游的水。虽然大家没尝到酒味，却鼓舞了全军的士气，提高了战斗力。过了几天，又有人献给越王一口袋干粮，越王又把它分给了士兵。虽然大家并没有吃饱肚子，但每个人的战斗力却又提高了。你身为将军，军中的粮草不足了，你却只顾自己不顾士兵，士兵们只能分一点豆粒吃，你自己却早晚都是肉食米饭，这是什么道理！你使士兵陷于死地，而自己却在上面享乐。这样做将军，虽然打了胜仗，也只是出于偶然，并不是你的功劳。你这样做，就不是我的儿子，你不要进我的门。"

子发听了母亲的批评，觉得很有道理，他赶紧向母亲认了错，并表示决心改正，母亲这才叫自己的儿子进了家门。

心灵悟语

子女成长的好坏，长辈负有极大的责任。若要孩子成大器，必须该批评时就批评，互相监督、互相教育，才能让孩子不走弯路。

人民县长的穿戴

1943年年底的一天,湘鄂川黔革命根据地召开各县苏维埃负责人联席会议。由于与会的人是从四面八方赶来,因此一时间还没有到齐,于是,先到会的同志便在屋子里随便攀谈着。

这时,门开了,又有一个同志到了。大家看了一眼进来的人,只见他身穿皮大衣,头戴黑绒帽,脚蹬大皮靴,手指上还戴着一只闪闪发光的大金戒指。原来,这个人用打土豪分来的胜利果实把自己"全副武装"起来了。他一进门,大家一眼就认出他了,他就是铁匠出身的新任永保县苏维埃主席田永祥同志。

当时,湘鄂川黔省委书记任弼时同志还不认识他,经王震同志介绍,任弼时同志才握着田永祥的手,瞅着他这一身打扮,哈哈大笑,说:"你还真有点当过县长的样子呢!"

散会后,大家纷纷起身往外走,这时,任弼时同志说道:"田永祥同志,请你留一下!"任弼时同志把田永祥带到了自己的办公室,亲切地对他说:"同志,你可不能忘本呀!一个革命者,要永远保持无产阶级战士的本色,只有这样,才能革命到底!"简单的几句话,说得田永祥羞愧地低下了头。接着,任弼时同志又十分耐心地向他讲了一番革命的道理,最后,还送了几本书给他,希望他能够加强学习,不断提高自己的思想觉悟。

不久,根据地又召开会议,田永祥又来开会了。有了上次的印象,

情商故事

人们这次也格外关注他的打扮。没想到他进来后：皮大衣换成了粗布黑棉袄，黑绒帽换成了黑毡帽，大皮靴换成了黑布鞋，手上的金戒指也不见了。这一身穿戴，还是他原来当铁匠时的打扮呢。任弼时同志见了他，使劲地握住了他的手，又从上到下瞅了瞅他这一身打扮，哈哈大笑起来，说："这才像个人民县长嘛！"

心灵悟语

人不可能没有错误，当自己的错误被其他人提出来后，要知道改正，改正后，就会重新得到认可。

不竭泽而渔

1948年2月初，刘邓大军大别山前方指挥所转战到河南光县一个山村，根据当时敌我双方的态势和当地地形隐蔽的条件，前方指挥所决定在此山坳处作短暂的休整，欢度跃进到新区的第一个春节。

按照人民群众的习俗，春节是最大的一个节日，部队里的成员大多来自农村，对春节尤其重视。部队当初在老根据地时，不管条件如何艰苦，在春节期间都要尽可能地改善一下生活条件，搞一些文化娱乐活动。

挺进大别山区半年以来，部队一直是在极其紧张和艰苦的条件下战斗、生活，现在有了几天短暂休整的时间，又逢佳节，大家自然想到了改善生活的问题。于是，前方指挥所买了两头猪，准备杀了让大家吃一顿饺子。

春节的前两天，差不多大年二十八，大家便忙活起来，有的宰猪，有的去附近的水库捕鱼，还有些人到河沟里摸虾；有些人不会这些技能，就上山砍柴、采黑木耳。

魏锦国同志和其他几位同志被分配去捉鱼，可是因为工具简陋，他们捉了半天，却收获不大。这时，有人出了一个主意：把水库里的水放走，在水的流口处拦阻捉鱼。大家一听，都觉得这个办法不错，于是便立即动手干起来。这一下，收获可真不小，在这一个水库捉到了几百斤鱼。正当大家兴高采烈地欢呼时，邓小平政委从山坡小路上走了过来，

见此情景，他先是对大家在极其艰苦的条件下仍然保持革命的乐观主义情绪予以表扬，转而严肃地指出，水库里的水是这里的群众备旱用的，你们采取"竭泽而渔"的做法，贪图了眼前的利益，却损害了群众的利益。

经邓政委这么一说，大家都纷纷意识到了自己做法的错误，后悔不已。水已流失，不能复收，怎么办呢？于是，魏锦国和同志们一起到村中向群众们道了歉，并赔偿了他们损失。

此事发生后，邓政委亲自起草了一个通知，下发给前方指挥所所属部队，号召全体指战员处处留心维护群众的利益，决不能竭泽而渔。

心灵悟语

对于一些严重的错误，必须当机立断地提出批评；认识到错误的严重性，也必须当机立断地改正，这样才不会造成更严重的后果。

彭德怀的故事

彭德怀为人刚直爽快，光明磊落，为了人民的利益，为了党的利益，他敢于坚持真理，有意见敢于直言。

他最反对虚伪和明哲保身，他常说："一个负责任的干部，在重大问题上必须表明自己的真实观点，这才叫负责。"他说，共产党员对于党就是要知无不言，言无不尽。他平生有很多自责，但他自责最深的一次，是在一次会议上，他对问题有不同意见而没有表明自己的态度。他认为对毛主席尤其要讲真话，他看到什么问题，必须和毛主席谈了，心里才痛快。

1951年1月的一天，从北京开出的一列特快列车疾飞而驰，树木、村庄、房屋成排成排地向后倒去。在一节车厢里，坐着志愿军总司令彭德怀同志。只见他面孔严峻，时而站起身来在车厢里来回踱步，时而又回到座位上，透过玻璃向外望望，似乎仍嫌火车开得太慢。

原来，彭总刚从朝鲜前线赶回来，他有重大意见要向毛主席陈述，谁知到北京后，毛主席已去外地，于是他又火急火燎的乘上这趟特快列车赶往毛主席去的地方。

一下火车，彭总就立即驱车来到毛主席居住的地方。毛主席的警卫员见是彭总来了，立即立正，向彭总敬礼，问好，但是却拦住了彭总：

"彭总，您现在不能进去，主席正在睡觉，等过一会儿主席醒了我们去叫您。"

情商故事

"小鬼，实在对不起了！如果有人要批评你们，把责任推到我身上就好了，就说我彭德怀一定要进去。"

彭总不顾警卫员的劝阻，推门进入毛主席的卧室。开门声惊醒了毛主席，毛主席一看是彭总来了，立即起身，说："德怀，你怎么来了？"

彭总说："主席，我找你提意见来了！"

"好家伙，千里迢迢跑来给我毛泽东提意见，欢迎，欢迎！"毛主席请彭总坐下，然后两个人交谈起来。

彭总毫无保留地把自己的意见和想法说了出来，毛主席听了，当即表示完全接受和赞同。

彭总见毛主席接受了自己的意见，非常高兴，立即起身告辞，说："主席，对不起，打扰您休息了！"

毛主席听了，哈哈大笑，赞赏地说："只有你彭德怀才会在人家睡觉的时候闯进来提意见！"

彭总常对人讲：我有什么意见愿意跟毛主席谈，把真实情况反映给毛主席，问题就会得到及时的解决。他还经常告诫身边的同志们：一个共产党员，特别是党的高级干部，不应该隐瞒自己的政治观点。为了坚持真理，应该抛弃一切私心杂念，只有这样，才是忠于党，忠于人民，才会有益于革命，有益于人民。

心灵悟语

如果看到错误的东西不敢挺身而出，坚持斗争，或者随波逐流，或者阳奉阴违，都只会助长错误倾向的发展，因而误党误国，一害人民，二害革命。

扼杀与讨论

在美国的一所大学里，有两个文学社团，一个叫"扼杀者"，另一个叫"讨论者"。

"扼杀者"成立的相对早些，这个文学社团是由一些爱好文学的

《法国大使》 小汉斯·霍尔班（1497～1543年）
朋友之间保持一份融洽的氛围对共同进步是很有好处的，多看看别人的长处对自己也是一种提高。

情商故事

男同学成立的，成员也都是男生。他们对英语有着超常的理解能力，每个人文学创作的天赋极佳。他们有人喜欢作诗，有人喜欢写小说，有人爱好散文。他们定期聚在一起，互相阅读他人的作品，然后对其他人的作品进行评价。他们每个人都十分挑剔，任何细小的毛病或有与自己不相符合的观点，他们都要大加指责，大肆争执的事情经常发生。

女生们见到他们的社团搞得十分火热，于是几个文学爱好者聚集在一起，成立了自己的文学社团，起名为"讨论者"。她们在聚会时，也会互相阅读其他人的作品，但每个人得到的批评却很少，即便是有批评的声音，也是和风细雨的，令人积极向上的。在这个社团中，更多的声音是互相鼓励，哪怕是微不足道的一点努力也会得到肯定。

二十年后，学校对当初这两个社团的人进行了调查，结果发现，他们在文学方面的成就简直就是天壤之别。"扼杀者"社团中没有一个取得过突出的文学成就，而"讨论者"社团中出现了六个有名的作家，有一些甚至闻名全国。

心灵悟语

在生活中，无论是朋友之间，还是家人之间、同事之间，都要以一种讨论的态度互相对待，这样既能使气氛融洽，又能达到共同进步。

林则徐筹款

　　清朝名臣林则徐去广州查禁鸦片之前，曾在湖广总督任上大力查禁鸦片，取得了很好的效果。1838年，清朝遭遇罕见的大旱，田地里的收成大减，一时间，米价上涨，变得十分昂贵，老百姓购买不起粮食，只能挨饿，一个个都被饿得皮包骨头。路边，常常有人迫于生计，乞讨度日。林则徐看在眼里，急在心里，他看到老百姓过得这么难受，就拿出了自己的薪俸周济饥民。但自己的那些俸禄毕竟有限，他就动员下属们尽力捐助。然而，两湖的官员们口头上一个劲地说同情百姓的好话，到真要出钱时，一个个却面露难色，都说自家的经济多么多么困难，有的人干脆说他家现在已经有了上顿没下顿，家无隔宿之粮了。结果，没有一人肯捐出一文钱来。

　　林则徐见状，心里明明知道是下属们不愿意捐款，但是他嘴上却什么都没有说。回到家中，他想来想去，终于想出了一个计策。

　　第二天，他派人在官府衙门前张贴告示，说某日他要率领众官员在广场设坛求雨，因为此事关系着天下无数黎民百姓的生命，所以在这两天内，大家必须沐浴戒荤，表示对苍天的真诚之心。

　　到了求雨那天，沐浴清心的林则徐徒步来到广场，他走上高坛，俯伏在地，口中念念有词，极为虔诚地祷告起上苍来。大小官员们也鱼贯走上高坛，俯伏在地祭祷。

　　求雨仪式完毕，林则徐叫侍卫在高坛下铺设了大片芦席。自己带

情商故事

着官员们依次坐在芦席上休息。

当时烈日当空，一丝风都没有，炎热异常。一贯娇生惯养的官老爷们哪里经受过这样的折磨，坐了没多久，就一个个口渴头晕，面色灰白起来。

林则徐这才说道："平时我们一直高高在上，过着饭来张口、衣来伸手的富贵生活，很少有人能来到百姓中间，体验百姓生活的疾苦。在这大旱之年，我们怎知道'农夫心内如汤煮'的情景？今天，我愿意跟大家都来尝尝贫苦百姓在烈日下挥汗锄禾的苦滋味。"

大小官员们虽然满心的不情愿，但也不得不跟着林则徐一起去田地里劳作起来。

过了差不多三炷香时间，林则徐才说："看来我们这些人的喉咙里都冒火了，茶水可不能不喝啊。"说完，他即刻传唤差役将事先预备好的凉茶桶扛了过来。他自己拿了瓢先舀了一瓢"咕咚咕咚"地喝了个饱，喝完显得神清气爽，十分舒适。

其他官员们早就渴得受不了了，见林则徐喝完，也迫不及待地依次喝了起来。

不一会儿，由于冷热交攻，大家都中暑了。林则徐首先呕吐出来，接着，大家也都呕吐了，弄得芦席上一片污秽，狼藉不堪。

林则徐笑道："既然已经这样了，倒可以顺势测量测量每个人的心肠和他们的家庭经济状况了。"

于是，他不顾脏臭，亲自检验每位官员的呕吐物，并且叫侍卫把他们呕吐物所含的成分一一记录在案。检查结果显示，林则徐自己吐出的是粗糙低劣的杂粮野草，而其他大小官员们吐出的不是山珍海味就是鱼肉荤腥，显然，他们都没有听从林则徐的命令，没有诚心戒斋向佛。众官员见状，顿时都羞愧难当，恨不得立即找个缝钻到地下去。

林则徐严肃地望着众官员低下的头，沉痛地说："今天我真心

·67·

嘻哈版故事会

诚意地向天求雨，为的就是解除旱情，让百姓活下去。可你们扪心自问，自己到底是不是素食素汤，真心诚意呢？再说，前几天我号召大家慷慨解囊，捐助灾民，你们一个个哭穷，有的还说什么揭不开锅啦，可是今天，看看你们吃的都是些什么？依我看，天公之所以如此发怒，制造旱灾，完全是因为你们做官当老爷的从不体恤民情！你们难道就不怕遭天谴么？"

官员们自知理亏，又羞愧又恐惧，生怕林总督要处罚他们，结果纷纷捐出款来救济当地的灾民，就这样，林则徐的筹款计划成功了！

心灵悟语

有时候，你没有证据揭穿别人谎言的时候，不如将计就计，让谎言无法立足，这样比一味的批评要省力得多！

剪 发

汤姆已经是一个十三岁的男孩了，由于他一直没有剪头发，所以现在他的头发看起来已经很长了。他每天披着一头长发，让人看了很不舒服。妈妈再也无法忍受这样长发的他了，于是，她想出了一个策略，既可保留儿子的自主权，又可以维护他的尊严，还能让他改变自己目前的形象。

一天，她把汤姆叫到身边，对他说："孩子，你的头发太长了，需要剪短一些，你可以自己剪，也可以去理发店里剪，这件事由你自己来决定。"

汤姆晃着自己的小脑袋说："我绝不会去理发店的，如果必须剪的话，我会自己剪的。"

第二天，汤姆不知道从哪找到一把很特殊的理发用的剪子，拿回家后，他先让妈妈帮他大致地剪了一下，然后他把自己关在浴室中，花了很长时间，自己修整自己的头发。当他从浴室出来后，高兴地对妈妈说："妈妈，来看看，怎么样，还不错吧？"说完，他还得意地晃了一下自己的脑袋。

其实，汤姆剪得并不是很好，但是看到他脸上的喜悦，妈妈知道，他高兴的不是自己剪了自己的头发，而是得到了妈妈的尊重。

心灵悟语

每个人都有尊严，在提出意见的时候，只要能够维护他们的自主性，就不会受到更多的反抗。

嘻哈版故事会

短木尺

从前,有一家布店的老板,为了能多赚一点钱,他想了一个并不高明的方法,一直用一把比正规的尺要短一点点的木尺卖布。

有一天,他突然良心发现,觉得总是这样做生意不好,早晚会遭到报应,于是,他决定做一个正经的商人,就把那把短木尺换掉了,换成正规的木尺。可是,他心里还是有一些不甘心,想看看到底别的布店是如何经营的。

于是,他来到另外一个布店里,趁对方生意忙乱时,用自己带的一根绳子偷偷量了一下那家店里的木尺。

回家后,他用标准尺测量了一下那段绳子,发现竟然也是短的,他又用那条绳子比对了一下自己先前用的那把短尺,却发现这家布店的尺竟然比自家的尺还要短几毫呢。

他想:看来我不算是奸商,至少和那家布店相比,我比那家店要强一些呢,我何必过意不去呢?如果我还用我之前的尺卖布,也是比那家布店要强的。

于是,他收回了自己的良心,接着用原来的那把短木尺做生意。

心灵悟语

有些人在受到批评后,不是去找自己的缺点,而是目光瞄向别人,当他发现某些人比他犯的错更严重时,他便会心安理得,对自己的错也就不以为然了。

情商故事

一个足球

　　肖恩夫妇和自己的孩子小杰瑞住在法国的一个城市，他们的住所有一个小花园，小杰瑞经常在花园里玩耍。有一次，爸爸给他买了一个足球，他非常高兴，在自家花园里玩起足球来，他玩得非常兴奋，学着电视里足球运动员踢球的样子，一个大脚，就把足球踢到邻居的花园中了，足球滚着正巧砸到了邻居家的一盆玫瑰花，花被砸烂了，花盘也被砸碎了。

　　小杰瑞害怕极了，急忙跑进屋里，怕邻居出来责骂他，但是他又特别想拿回自己的那个足球，于是，小杰瑞怯怯地把这个事情告诉了爸爸，叫爸爸去把他的

《足球运动员》　亨利·卢梭（1844～1910年）
　　父母的教导可以成为孩子一生的财富，相信一个足球的教训足以让孩子受益终生。当他长大后再看到足球时，一定也能回忆起长辈的言传身教。

· 71 ·

足球要回来。

肖恩听后，并没有答应小杰瑞的请求，却要小杰瑞自己去。他教给小杰瑞，进门后首先要道歉，还要带上一盆相同的花作为赔偿，然后再客气地要回足球。

小杰瑞虽然很不情愿，但为了要回自己的足球，不得不捧着花一步一步走向邻居家。开门后，邻居是一位70岁的老汉，老爷爷看着小杰瑞的表情，没有责备他，也没有留下小杰瑞带来的花，他让小杰瑞自己把足球捡了回来，还从屋里拿了一包巧克力送给小杰瑞。

肖恩见儿子回到家里，掩饰不住自己内心的喜悦，想表扬孩子敢于迈出这一步。但孩子走进后，他发现了儿子手里竟然拿着一袋巧克力，详细地问了儿子后，他便知道了内情，随后，肖恩径直去找了邻居，对邻居说："老先生，我儿子犯了错，我想教育他，我希望您能够配合我一下，因为犯错的孩子不应得到任何奖励。"老爷爷笑着点了点头。

肖恩回到家中，又要儿子拿着巧克力和鲜花去邻居家，将巧克力送还给老爷爷。

小杰瑞很听话，照着做了。

这次事件对小杰瑞的教育很深，从此以后，他都到开阔的地方去玩足球。

心灵悟语

也许有人认为肖恩的做法有点过火，但他是对的，对明显的错误，明知故犯的错误，性质严重的错误，一定要严肃批评，并让他承担责任。

第三章 赞美——
学会欣赏，勇于激励

　　每个人都希望自己被别人肯定，小孩子也不例外。赞美别人，仿佛用一支火把照亮别人的生活，也照亮自己的心田，有助于发扬被赞美者的美德和推动彼此友谊健康地发展，还可以消除人际间的隔阂和怨恨。赞美是一件好事，但绝不是一件易事。赞美别人要掌握一定的技巧。

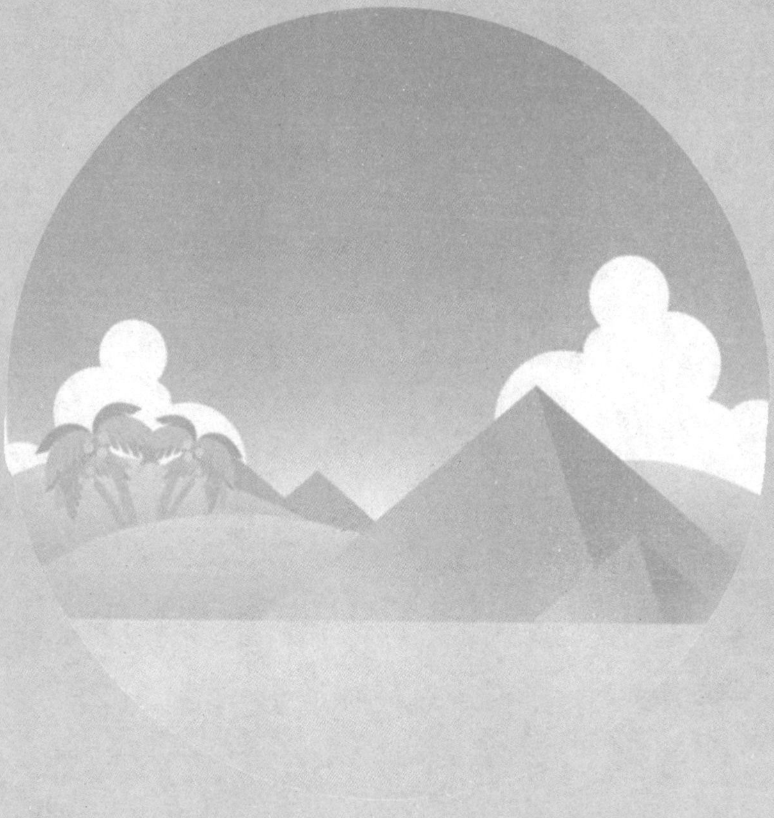

情商故事

赞美的艺术

公司里有一位女同事,她平时穿着打扮很讲究,也很合体,经常穿一些新款式的衣服来上班。公司里的其他同事都很羡慕她,觉得她的衣服都很漂亮。有一次,公司举办一次集会,女同事们都很期待这位时髦的同事会穿什么新款式的衣服。

集会开始了,同事们陆续前来,一会儿,这位女同事到场了,她穿了一件紧身的衣服。说实话,这位女同事的身材有些偏胖,紧身的衣服并不适合她,但是就这件衣服而论,无论从款式、颜色还是面料,都是很不错的,是很时髦的一件衣服。女同事们纷纷上来打招呼,都说她的衣服真漂亮,这位女同事也很开心。一会,过来一位公司的男同事,他上来和这位女同事打招呼,说:"说实话,你的这件衣服虽然很漂亮,但穿在你身上就像给桶包上了艳丽的布,因为你太胖了。"

所有人都愣住了,没想到这位男同事居然这样"赞美"这位女同事,女同事听后非常生气,也没有好心情继续参加集会了,干脆回家去了。从此以后,这位女同事再也没有理过这位男同事。

心灵悟语

为别人喝彩是一种智慧,因为你在欣赏别人的时候,也在不断地提升和完善自我。因此,在人生的道路上,应该学会为别人喝彩。

失聪的老人

有一个小女孩，她的嗓音非常好，也非常喜欢唱歌。有一次，她所在的学校要成立一个合唱团，她非常兴奋地报名参加了。在筛选的过程中，她因为个子太矮，被老师排除在合唱团外，她伤心极了。

小女孩一个人跑到公园里，伤心地躲在公园的角落里流泪，她不明白老师为什么拒绝她参加合唱团，她想：是不是因为我的声音不好听，难道我唱得真的很难听吗？

四周无人，小女孩不由自主地唱起歌

《月夜》 伊凡·尼古拉耶维奇·克拉姆斯柯依
（1837～1887年）
一个孤独的歌声需要一对懂得欣赏的耳朵，当然最重要的还是一颗懂得爱的心。

情商故事

来，唱歌的时候，她就会忘记一切，忘记刚才自己有多伤心，她完全沉浸在自己的歌声中，不知不觉唱了一个下午。"唱得真好！"一个白发苍苍的老人从角落里走出来，对小女孩说道："谢谢你，小姑娘，你让我度过了一个愉快的下午。"

老人说完，没再和小女孩交流，就走了。

第二天，小女孩又来到公园，她看见老人依旧在那里，满脸慈祥地微笑着看着她。于是，小女孩又唱了起来，老人聚精会神地听着，一副很陶醉的样子。

最后，老人还是大声地喝彩："太棒了！谢谢你，小姑娘。"说完仍独自走了。

过了许多年，小女孩变成了一个漂亮的姑娘，同时，她也成为一个有名的歌手。她回到家乡，特意去找那位老人的时候，老人已不在人世了。

她四处打听老人消息的时候，得知：当年，老人根本就听不到她的歌声，因为他年轻的时候因为生病，双耳就失聪了，并且聋了差不多20年。

心灵悟语

鼓励就如同一股春风，能消除我们心中的疲惫，鼓励我们前进。多一些鼓励和赞美，我们就能得到成长必需的养料。

欣赏自己

汤姆由于先天身材矮小，从小就被父母遗弃，一直在收容所里生活。长大后，他也一直靠着政府的补贴生活。在他30岁那天的早上，他独自来到河边，在那里发呆了好久，他不知道自己是否还有活下去的必要。他不但生长在收容所，没有父母，还身材矮小，长相也不出众，说话的语调还带着浓厚的乡下口音，所以他一直很瞧不起自己，认为自己是一个又丑又笨又没用的乡巴佬，就连最普通的工作，他都不敢去应聘。

就在汤姆犹豫是否要跳下去的时候，他的好友约瑟夫高兴地冲他跑了过来。约瑟夫是与他一起在收容所长大的同伴。约瑟夫对他说："汤姆，告诉你一个好消息！收音机里刚才广播了一则消息，我正巧听到了，说拿破仑曾经丢失了一个孙子。播音员描述了他丢失的孙子的体貌特征，形容得与你丝毫不差！"

"真的吗？我竟然是拿破仑的孙子？"汤姆一下子把要轻生的念头抛到脑后，顿时精神大振。联想到自己的爷爷曾经以矮小的身材指挥着千军万马，用带着泥土芳香的法语发出威严的指挥命令，他顿感自己浑身充满力量，讲话也带着几分高贵和威严。

第二天一大早，汤姆便满怀自信地来到一家大公司应聘。

又过了几十年，汤姆已成为这家大公司的总裁，他通过查证，查出了自己并非拿破仑的孙子，但这点早已不重要了。

情商故事

有一次，汤姆受邀参加一次知名企业家的讲演。讲演结束后，有人向汤姆提了一个问题："作为一名成功人士，您认为，在您成功的诸多因素中，最重要的是哪个？"

汤姆没有直接回答他的问题，而是把之前河边发生的那个故事讲给了在场的所有人听。最后他说："我认为，接纳自己，欣赏自己，将所有的自卑抛到九霄云外，这就是成功最重要的前提！"

心灵悟语

对于一个生活中的强者，出身只是一种符号，而非成功的必然前提，抛开一切自卑，成功就会离你越来越近。

完美的天使

一位牧师正在教堂里向周围的听众讲解教义。牧师的声音特别好听，他能把那些平常令不是教徒的人感觉枯燥无味的教义讲解得非常生动。他说："上帝深爱着他的每一位子民，并且给予了他们同样公平的机会和能力，只不过有的人对深藏在自己体内的能力发掘得较早，而有的人则晚一些而已。只要我们不放弃，每个人都会得到上帝的帮助。"

最后他以一句非常富有激情的话作为这次讲解的结束语："共同努力吧！每一位上帝珍爱的子民，每一位从天而降的完美天使！"

当牧师正要走下讲坛时，周围的群众当中有人表示，牧师的讲解虽然很能煽动人心，可是他说的却并不是事实。这些人要直接与牧师对话，希望牧师能够解答他们心中的疑惑。牧师听后，表示十分愿意和他们一起面对难题。

首先向牧师提问的是一位声音洪亮的青年男子。这位男子站起来，指着自己的鼻子对牧师说："如果像你说的那样，上帝对他的每一位子民都是公平的，那么他为什么把别人塑造成漂亮的天使，而我却长着这样一个难看的鼻子？"

青年男子的话引发了周围人的一阵轰笑。也许他们是在笑能言善辩的牧师遇到了难题，也许是对青年男子的自嘲感到好笑，也许他们笑的正是这个男子"难看的鼻子"。不论他们笑的是什么，他们的这阵笑声令青年男子感到很不开心。他认为众人就是在嘲笑自己的塌鼻

梁，所以他直直地瞪着牧师，等待牧师给自己的回答。

牧师微笑着，依然用自己动听的声音回答了这个青年男子的问题："你当然也是上帝最珍爱的完美天使，只不过在从天而降的时候，先着地的是你的鼻子而已。"

牧师的回答，使周围人脸上露出了会心的微笑。提问的青年男子也看出此时人们的笑充满了善意和理解。

接下来，又有一位患小儿麻痹后遗症的女子也向牧师就自身的生理缺陷提出了质疑，她认为上帝对自己极不公平。

牧师用同样的声调和态度对眼前这位看上去很自卑的女子说："在你从天而降的时候，你忘了在降落的过程中打开降落伞，而且你是用单腿着地的。"然后牧师从讲台后走了出来，指了指自己的一双比别人要短的腿，笑着说道："我同样忘记在降落的过程中打开降落伞了，不过我是双腿一起着地的。"

牧师的话音刚落，讲台下响起了一片掌声，而那两位提出疑问的男女的脸上，都洋溢着难得的自信表情。过去，他们总是为自己的缺陷而自卑、难过，可是现在，他们可以从容地站在人群当中了，因为他们相信，自己就是那个完美的天使。

心灵悟语

善意的话语，能够给人以轻松愉悦的感觉。这种话更容易让人接受，说话的人也更容易得到别人喜爱。

嬉哈版故事会

喜欢的缘由

儿子新交了一个女朋友，但是他的母亲并不喜欢这个女孩。一天，母亲找机会和自己的儿子谈论了一下他的女朋友。

母亲问他："这个女孩儿为什么喜欢你？她都喜欢你哪里呢？"

儿子很自豪地回答母亲："她认为我很英俊，并且能干、聪明、风趣。"

"那你都喜欢她什么呢？"

"我就是喜欢她对我的评价：认为我英俊、能干、聪明、风趣。"

母亲愣了一下神，会意地点了点头，再也没有干预儿子和女孩儿的交往。

心灵悟语

每个人都希望得到其他人的承认和重视，在得到这些的同时，也会回报给对方同等程度的认可。尊重和赞美你身边的人，你也会赢得更多的信任。

情商故事

大仲马的成功

有一位穷困潦倒的年轻人,由于他没有什么一技之长,所以很早就失业了,他一直试图再找一份工作,但是没有一家公司肯要他这种没有特长的人。

父亲有一位好友住在巴黎,于是,他怀着殷切的希望来到了这里,找到了父亲的这位旧日好友,希望他能帮自己找份谋生的差事。当时他绝对不会想到,对方帮他谋到的这份"差事",居然成了他辉煌一生的起点。

这天下午,他终于找到了父亲的朋友。父亲的朋友问他:"你数学水平怎么样?精通吗?"

年轻人摇摇头,表现出很难堪的样子。

"那历史知识怎么样?"对方又问道。

年轻人依旧不好意思地摇了摇头。

"法律方面呢?你懂不懂?"对方虽然问了两种,年

大仲马是法国19世纪浪漫主义作家,他自学成才,一生写的各种著作达300卷之多,主要以小说和剧作闻名于世。

轻人都不会，但是对方的语气中，希望依旧不减。

年轻人的回答依旧是否定的。

接连问了七八个领域，父亲的朋友也得到了同样的回答，都是否定的。

"那你说说自己有什么优点吧。"长者也许觉得再这么问下去也没有什么意义，于是就换了一种方式。哪知这位年轻人依旧摇了摇头，很腼腆地回答道："我，什么优点都没有。"

"唉"父亲的朋友轻轻叹了一口气，"那你就先把你的联系方式给我写下来吧，有了合适的差事，我好联系你。"

年轻人也很失望，低着头在纸上写下了自己的地址，写好后，把纸条交给了父亲的朋友。谁知那位老人接过纸条看过后，便惊喜地拉住年轻人说："哎呀，你还说自己没什么优点，你的字写得很漂亮啊！"

"这也算优点吗？"年轻人的眼中闪过一丝疑惑，但很快，他就从对方的眼中得到了肯定的答案。

"你不应该只满足于找一份糊口的差事，"父亲的朋友语重心长地对他说，"既然你能把字写得这么漂亮，你就能把文章写得很漂亮；既然你能把文章写得很漂亮，你就能写书；既然你能写书，你就能成为作家……"

顺着老人的指点，年轻人的思路展开了，自己的优点也一点点地放大着。

多年之后，这位"一无所长"的年轻人果然由字到段，由段成章，写出了享誉世界的经典作品。他就是后来家喻户晓的法国大作家大仲马。

心灵悟语

大仲马的成功很大程度上取决于那位老人的赞美，他让他发现并不断放大了自身的优点，只有擅于经营自己的长处，人生才可能无限增值。

一块豆腐

台湾有位著名作家,童年的时候家境十分贫寒,还有一个弟弟。父母为了养活他们俩,让他们俩读书上学,以卖豆腐维持生计。他俩为了替父母分担,每天早上天还没有亮的时候,便起床开始工作,两人一起沿街叫卖豆腐。卖完后,两人再去上学。每次回来,他都告诉弟弟说:"我们把卖豆腐所赚来的钱,都拿回家给母亲,给家里人用作生活。当然,我们也有奖励,是我们给自己的奖品,看!"他伸出手,揭开篮子上的布,里面是剩下的一块豆腐,接着对弟弟说,"是这块豆腐,你我共享这一块豆腐,你一半,我一半。"

心灵悟语

奖励不一定要由别人来给,自我奖赏其实也一样让人满意,也能激励自己"百尺竿头,更进一步"。

上校的卡片

美军陆军部的军官们上了一堂培训课，培训的内容是：激励的技巧。一位上校对这个课程很不满意，认为专家所讲的激励技巧根本没有用。

一个星期后，将军安排上校负责一份重要的简报，上校很专心地做这份简报，并提前完成了任务，交给了将军。这份简报做得非常好，那位将军决定表扬一下他。

将军做了一张卡片，在卡片的封皮外面写上"太棒了！"这三个字，里面则写了些赞扬和鼓励的话，然后，他召见了上校，当面称赞他这份工作做得如何出色，并把那张卡片送给了他。

上校打开卡片看了一遍，愣了好半天，然后头也不抬地就离开了将军办公室。

将军感到莫名其妙，以为自己是不是写错了什么，他随后跟了出去，悄悄尾随在上校的身后。原来，上校跑到每个办公室，向其他人炫耀他得到的那张卡片。

从那次之后，上校终于明白了那堂课的作用，也感受到了激励带来的力量，因此他决定把这个力量传递下去。

后来，上校专门设计印制了一些类似的卡片，并用它们来赞美和鼓励他人。在他的鼓励下，他们团里所有人的干劲都是最足的。

心灵悟语

赞美和鼓励能激发人的自信，让他们对生活充满热情，对未来充满希望。学会赞美别人，你同时也会得到别人的赞美。

一条腿的鸭子

有一座很出名的城市，它的出名是因为一个著名的厨师。这位厨师的拿手好菜是烤鸭，他做的烤鸭深受顾客的喜爱。这家饭店的老板更是格外喜欢这位厨师，但他从来没有给予过这位厨师任何的鼓励，所以这位厨师整天闷闷不乐的。

有一天，老板的一位客人来拜访他，从很远的地方来到这里，旅途劳顿，老板就请客人来他家用餐。老板在家设宴招待贵宾，特意请这位厨师为主厨，老板的菜单列出了数道菜，其中一道便是老板最喜爱吃的烤鸭。厨师奉命行事，然而，当老板夹了一只鸭腿给客人后，却找不到另一条鸭腿，他便问身后的厨师说："另一条腿到哪里地去了？"

厨师说："老板，咱家里养的鸭子都只有一条腿！"

老板感到很诧异，但碍于客人在场，不便问个究竟。

饭后，老板便跟着厨师到鸭架去查个究竟。当时正好是夜晚，鸭子们都在睡觉。每只鸭子都用一条腿站着，厨师悄悄地对老板说："老板，你自己看，咱家的鸭子不全都只有一条腿吗？"

老板听后，便用力鼓起掌来，吵醒了所有的鸭子，鸭子被惊醒后，全都站了起来。

老板说："你再看看，这些鸭子不全都是两条腿吗？"

嘻哈版故事会

厨师笑着说:"对!对!不过,只有鼓掌拍手后,才会有两条腿呀!"

老板顿时哈哈大笑,明白了厨师的用意,从此,厨师整天都开心地在他的饭店工作,他的饭店也更有名气了。

心灵悟语

表扬和嘉奖的力量是很大的,能激励人奋斗;如果连这些话都舍不得去说,恐怕今后只能享受"一条腿的鸭子了!"

梦想的翅膀

罗杰·罗尔斯是纽约州第五十三任州长，也是纽约州历史上第一位黑人州长。他出生在纽约的贫民窟，那里环境肮脏，是偷渡者和流浪汉的聚集地，暴力事件时有发生。在这儿出生的孩子，很多从小就逃学、打架、偷窃，甚至吸毒，他们长大后，很少有人能得到较体面的工作。然而，罗杰·罗尔斯是个例外，他不仅考上大学，而且成为了州长。

就职的时候，他召开了记者招待会，会上，到会的记者都对同一个问题很感兴趣：是什么力量把他推上了州长的宝座？面对300多名记者，罗尔斯对自己的辛酸奋斗史只字未提，他仅说了一个人的名字——皮尔·保罗。这个名字对大家来说都很陌生，谁都没有听说过，后来人们才知道，皮尔·保罗是他读小学时的校长。

1961年，皮尔·保罗被聘为诺必塔小学的董事兼校长。当时，嬉皮士在美国非常流行，皮尔·保罗走进诺必塔小学的时候，发现这所学校中的穷孩子整天无所事事，他们不与老师合作，旷课、斗殴，甚至砸烂教室的桌椅。皮尔·保罗想了很多办法来教育这些孩子，可是没有一种方法是奏效的。后来他发现，这些孩子有很多人相信命运，于是在他的课上便多了一项内容——给学生们看手相。用这个办法鼓励学生。

当时，罗尔斯就在他的班上学习，听说校长会看相，罗尔斯好奇地从窗台上跳下，伸着小手走近讲台，皮尔·保罗接过他的小手，说："看你修长的小拇指就知道，你将来会是纽约州的州长。"罗尔斯听后大吃

嘻哈版 故事会

一惊，因为长这么大，只有他奶奶的话使他兴奋过一次，因为奶奶说他可以成为小船的船长。而这一次，皮尔·保罗先生竟说他可以成为纽约州的州长，这太出乎他的预料了。他在心底记下了校长说的这句话，并且深深地相信了。

那天以后，"纽约州州长"就像竖在罗尔斯心里的一面旗帜，他的衣服从此不再沾满泥土，说话时也不再夹杂污言秽语。他开始改过自新，用一个州长标准严格要求自己，开始挺直腰杆走路。在以后的40多年里，他没有一天不按州长的标准来衡量自己的言行。51岁那年，他真的成为了州长。

心灵悟语

只有心中有了梦想，并为之奋斗，才能获得成功。而这个梦想，需要一个人的鼓励与赞美才可以插上翅膀。

情商故事

小鹰学飞

一只小鹰在鹰妈妈外出觅食时，没有乖乖在窝里待着，总想像妈妈那样试着去飞，结果不慎从树上掉了出来。正巧，鸡妈妈正在树林里觅食，看到了掉在树下的小鹰，便捡回家和一群小鸡放在一起喂养。

时间过得很快，小鹰和小鸡都长大了，小鹰习惯了鸡的生活，并且与他一起长大的鸡们也把小鹰看成是自己的同类，小鹰每天和小鸡们一起，一大早外出刨着寻食吃，从来没有试过飞向高空。

由于他的食量比其他小鸡大，所以他总要去觅食。一次在小鹰独自外出觅食时，天上的鹰妈妈认出了他，鹰妈妈见到小鹰惊喜极了，自己的孩子并没有丢，她飞下来对小鹰说："小鹰，你怎么在这里，我找你找得好苦啊！但是我终于找到了，快！随我一起飞向高空，飞回家吧！"

《飞鹰》 徐悲鸿（1895～1953年）
只要是鹰就能飞上蓝天，如果我们也认为自己能像鹰一样展翅高飞，就要时刻做好起飞的准备。

嘻哈版故事会

小鹰对老鹰说:"我不是小鹰,我是小鸡呀,我可不会飞,天有那么高,怎么可能飞得上去呀?"

鹰妈妈听小鹰这么说,有些生气,但她还是大声地鼓励他说:"小鹰,你不是小鸡,你自己看看你自己,你和他们长得一样吗?你是一只搏击蓝天的雄鹰!不信!你跟我去悬崖边,我来教你怎样飞。"

于是,小鹰将信将疑地跟随着鹰妈妈来到悬崖边。看到悬崖峭壁外的惊险,他紧张得浑身发抖。鹰妈妈看到他紧张的样子,便耐心地对他说:"孩子,不要怕。你先看我怎么飞,学我的样子,用力地扇动翅膀。"小鹰在鹰妈妈的带动下,学着用力扇动自己的翅膀,终于,他的脚离开了地面。

心灵悟语

假如你是一只鹰,迟早会高飞,现在的你不是不会飞,而是没有高飞的机会,而且没有人鼓励你。只要机会来临,你也一样会飞上蓝天的。

小华生病

　　小华不是独生子，家里还有一个姐姐，一个哥哥和一个弟弟。他觉得自己是最不可能得到重视的，因为家里就姐姐一个女孩子，肯定受到的重视会多一些，哥哥也比自己大，他也会想法设法得到父母的重视，而弟弟呢，是家中最小的，所以父母对他也是疼爱有加，唯独他，排行老三，而且是次子，好像是次要的儿子，不被父母重视。

　　有时，父母开玩笑和他说，他是马路上捡来的，他居然将信将疑。自己走在街上的时候，如果哪位年长的妇女多看他一眼，他马上就会浮想联翩，看看自己和这位妇女长得像不像，她会不会是我的亲妈妈？

　　由于长期得不到关注，小华想尽了办法，但往往并不奏效，不但得不到关注，有时还会挨一顿揍，最后，他想出了一个"绝招"。

　　在一个寒冷的夜晚，他偷偷起床，趁父母没注意，跑到院子里，脱掉了御寒的棉衣，让寒风吹了自己几个小时，第二天，小华果然发烧了，而且还发了高烧。爸爸妈妈发现小华病了，都关切地来到了他的身边。父母工作再忙，他们的生活条件再艰苦，也会下一碗鸡蛋挂面，亲自喂他吃。母亲也会坐在他的床边，摸着他的额头，问寒问暖。那个感觉，小华觉得发再高的烧，他也认了。

　　但是小华的一切举动，他的姐姐都看到了，偷偷告诉了父母，父母也突然意识到了问题的所在。小华病好之后，他发现自己的父母变了，觉得这个方法真是很好。一天晚上，母亲找到了小华，语重心长地说：

嘻哈版故事会

"小华，之前妈妈没有关注你不是因为你不重要，而是因为你太出色了，你是个很自觉的孩子，所以爸爸妈妈很少去管你，但是爸爸妈妈也犯了一个错误，那就是没有欣赏你，没有鼓励你，所以你才会做出伤害自己身体的事情，今后我不允许你再不顾自己的身体了，明白了吗？"

小华高兴地哭了，不止是因为这次谈话，更因为在谈话中，他知道爸爸妈妈同样是爱自己的。

心灵悟语

赏识是一件很重要的事情，因为一句由衷的赞美能给人带来无穷的信心与快乐。

继母的赏识

著名成功学家拿破仑·希尔从小被认定是一个坏孩子。周围无论出了什么不好的事情，诸如奶牛在牧场里被人放跑了，或是谁家少了点什么物品，乡邻们都会怀疑到他，而这些怀疑往往都会在他身上找到证据。生母去世后，唯一对他关心的人没有了，他在父亲和兄弟们以及乡邻们眼中的形象变得更为恶劣，大家都认为是没有母亲管教他，他才会成为这样，而年幼的拿破仑也有破罐子破摔的态势了。因为自己的顽劣和人们的偏见，导致大家像防贼似地防着他，这更加加重了他的自卑感，甚至小小的他就认为自己应该下地狱。

有一天，父亲说要再婚，大家都担心新妈妈不知道是什么样的。希尔也打定主意，根本不打算把新妈妈放在眼里。陌生的女人终于走进家门，她走到每个房间，愉快地向每个人打招呼。当走到希尔面前时，希尔像枪杆一样站得笔直，双手交叉在胸前，冷漠地瞪着她，一丝欢迎的意思都没有。

为他屡屡犯事而伤透脑筋的父亲，是这样向新婚妻子介绍拿破仑·希尔的，"亲爱的，希望你注意这个全郡最坏的孩子，他已经让我无可奈何了，说不定明天早晨，他就会拿着石头扔你，或者做出你完全想不到的坏事。"

出乎拿破仑·希尔意料的是，听完父亲介绍后，继母竟然微笑着走到他面前，两手放在他的肩上，看着他，眼里闪烁着光芒，说："最

·95·

嘻哈版故事会

坏的孩子？一点也不，他应该是最优秀的才对。他是全家最聪明的孩子，我们要把他的本性诱导出来。"

当时只有9岁的拿破仑虽然不谙世事，但毕竟能区分言语的好坏，他有些不相信，但还是激动的问："我真的是一个聪明的孩子吗？"

"是的！"继母坚定地回答，并把他搂在了怀里。

一年以后，拿破仑·希尔就成了当地有名的少年写手。20岁的时候，他已经被人们称为作家了。后来，拿破仑提出成功的28项黄金法则，帮助千千万万的普通人走上成功和致富的道路，成为全世界赫赫有名的激励大师。

成功后的拿破仑·希尔说："我最尊敬的人是我的继母，是她用爱和正确的方法改变了我的命运，给了我一切。"

心灵悟语

赏识会铸就成功，赏识会让人们变得越来越好；抱怨只会让人们越变越坏。

情商故事

稻草人的故事

农夫的家里有一块田，他在田里种上了稻子，每当到了要收获的季节，总有麻雀来偷吃稻子，产量减了很多，害得农夫整天为此事而头疼。

一天，农夫又到田里赶麻雀，麻雀见农夫一来马上就飞走了，农夫见此情景突然想出了一个办法。

农夫把稻草一簇一簇地捆好，扎成一个稻草人，插到田中央，麻雀见到稻草人，以为是农夫来了，好几天都不敢来吃稻子。可是有一天，有一只胆大的麻雀，飞到了稻草人身上，见稻草人一动不动，于是，许多麻雀也都飞了过来，再也不怕了，又到田中任意妄为起来。农夫又开始头疼了，骂稻草人没用。

有一天下午，一位博士来到农田中，看到稻草人被麻雀糟蹋，十分生气，便走了过去，拔起稻草人，搬回了家。他把稻草人变成了能行动的机器人，稻草人高兴极了，因为他又可以帮助农夫了，博士把稻草人送回了田中，让他继续赶麻雀。

现在稻草人能动了，麻雀就不敢再来了，小朋友们也想跟他玩，可是他没有头脑，不会玩，于是小朋友便不跟他玩了，而且还取笑他，给他取了个绰号叫"白痴"。稻草人十分讨厌别人叫他白痴，所以他再也不跟小朋友们玩了。

没过多久，村子里又搬来了一户人家，这户人家有五个可爱的孩子，个个都十分善良，尤其是小女儿和小儿子，他们经常和稻草人玩，从不嫌稻草人没头脑。稻草人高兴极了，和他们成了好朋友。

心灵悟语

每个人都渴望得到别人的认可，得到更多的赞美，没有人愿意永远孤独，哪怕是一个稻草人。

嘻哈版故事会

河马的新衣

河马夫人外出逛街，在一家服装店的橱窗里看见了一条非常漂亮的裙子，她站在窗口看了好久，走进了这家商店。

"我想试试橱窗里的那条裙子。"河马夫人对售货员说。售货员十分热情地接待了她。她走进试衣间，换好了并不合身的裙子，走到镜子跟前看了一看，摇摇头说："我想这条裙子我穿并不合适。"售货员急于做成这桩生意，违心地说："太太，您完全错了。这条裙子看上去虽然不合身，但是能充分展现您妩媚动人的身材曲线。"

"就算我相信你的话，可别人不一定会这么认为呀。"

"太太，相信我，您穿上这条裙子，每个人看到都会羡慕您的，即使有异样的目光，那也是在嫉妒您的好身材。"

"真是这样吗？"河马夫人一边在镜子前转来转去，一边问道。

"当然！我卖了很多衣服了，很会帮人挑选的，我说的绝不会错。"

"那好吧！我买了。"

河马夫人并没有将新衣服包起来，而是直接穿着新裙子离开了服装店。她走在大街上，看见大家看到她都在朝她笑。

"这肯定是在赞美我呢，觉得我的身材很好。"河马夫人得意地想。

一会儿，她又看见有些人看着她，皱起眉头不住地摇头。"这肯定是在妒忌我呢。"她又想。

她继续往前走着，发现每个看见她的人都站在原地不动了，惊奇地注视着她。河马夫人觉得自己真是既漂亮又动人，走起路来也就更神气了。

心灵悟语

吹捧往往使人头脑发昏，爱慕虚荣的人更是如此，要客观地判断自己，判断别人对自己的评价。

情商故事

打算盘

小学三年级有珠算的课程，首先要过的就是打算盘关。玲玲打算盘的速度是全班最慢的，每次都要被其他同学嘲笑，所以她每次打算盘就提不起精神来，更找不到任何感觉。

父亲得知玲玲的珠算成绩很差，并没有责怪女儿，还经常鼓励她，并决定帮她找到打算盘的感觉，让她相信自己能行。

一天，爸爸把玲玲叫到身边，对她说："爸爸相信你打算盘的速度不会很慢，应该是相当快的。"

"爸爸，为什么您会认为我快呢？"女儿不解地问道。

"你想一想，你小的时候有没有上过幼儿园？"

《愚公移山》 徐悲鸿（1895～1953年）
不惧困难，勇敢面对，一直是我们中华民族的传统美德，其中最典型的就是愚公移山的故事。

"没有啊!一直都是奶奶带着我。"

"对啊。你想,你的其他同学小时候都上过幼儿园,在幼儿园里会受到一系列的训练,而你从小就没有受到过这样的训练。爸爸像你这么大的时候,打算盘打得比你还慢呢。咱们来做个试验吧,爸爸拿表给你算时间,我不相信你会慢。"

玲玲在爸爸的鼓励下跃跃欲试,主动拿来了算盘。

为了保证女儿能够成功,父亲把答案写在了旁边,让女儿心理上能更放松。玲玲开始打了,她打得确实很慢,但是答案绝对是正确的。每当她又算出了正确的答案,父亲都会在旁边给予鼓励,并为她欢呼:"对了,又对了。"

算完之后,玲玲看着爸爸手中的表,问道:"爸爸,我打得慢不慢?"玲玲的眼睛一直盯着父亲的脸,像是在寻找信心。

父亲激动地说:"真的很不错,你第一次打就全对了,我小时候练五六遍都不能保证全部正确,还弄得满头大汗。"女儿一听,兴趣立刻就上来了,本来最怕打算盘的她,现在却不愿停手。

"爸爸,我还要练,我还要练。"

第二天,玲玲就比昨天进步了很多,用的时间也短了一些,第三天,又快了一些。虽然每次只能快一点点,但是每天她都在进步,就这样,在爸爸的鼓励下,她打算盘的速度越来越快。不到一个月,玲玲打算盘的速度居然从原来的20多分钟进步到1分30秒内打完。

玲玲不但得到了爸爸的鼓励,班上的同学也很羡慕她,再也不取笑她了。

心灵悟语

失败乃成功之母。对于意志力弱的人来说,失败可能造成沮丧的心态。所以鼓励与赞美就像一针兴奋剂,能让意志力薄弱的人重新站起来,走向成功。

俾斯麦的评论

俾斯麦是19世纪德国著名的政治家、外交家。俾斯麦未满17岁时，便入读了哥廷根大学。然而，俾斯麦并不满意大学的生活。在就读大学期间，他经常腰间佩剑，并牵着一只大狼狗。他无心向学，并染上很多恶习，曾与同学作过27次决斗。后来虽转到柏林大学入读法律系，但仍然没有感觉满意。毕业后，他成了律师，但他并不甘心于此，于是投考政府的官职，当上了一个小书记员。

在此时，他结识了一位贵族女子，并结下婚约，可是他没钱，想以赌博赚钱反而输掉了所有的积蓄，并欠下很多外债。因此，这次婚约取消了。后来，他又结识了一位牧师的女儿，再订婚约，可惜，那位女子后来跟一位富有的军人走了。结果俾斯麦只有带着欠债，回到家乡。

回到家乡后，他与哥哥分家，当上了庄园主人，可是他并不满意这种生活，所以很快便再次进入政坛。后来，他便成了外交官。

在圣彼德堡的一次舞会上，他频频地赞美身边的一位舞伴说："夫人，您长得真是美若天仙啊。"

可那位女士却说："我才不相信你的话呢，因为你是外交官。"

"为什么？"俾斯麦疑惑的问。

"因为，外交官说'是'的时候，意思是'可能'；说'可能'时意思是'不行'；嘴上如果真的说出'不行'两个字，那他就不是外交官了。"

嘻哈版故事会

"哈哈哈，夫人，您说得一点也不假。"俾斯麦说："这可能真是我们的职业病呢，我们不得不这样做。但你们女人却恰好相反。"

女士听了他说的这句话感到很有趣，也想听听缘由，就问他："为什么呢？"

"因为当女人说'不行'时，意思其实是'可能'；说'可能'时，意思是'是'；嘴上若真的说出'是'，那她就不是女人了。"

心灵悟语

有时候，欣然接受别人的欣赏，是一件很幸福的事情。

唐伯虎作诗

有一次，唐伯虎到杭州游玩的时候，正赶上有一位官宦的老太太90大寿，全家都在准备着为她老人家祝寿。当听说大名鼎鼎的才子唐伯虎来了杭州，官宦忙准备了一份厚礼，前去拜访唐伯虎，并请他第二天一定要光临老太太的寿宴，为老太太做祝寿诗。唐伯虎没有拒绝，笑眯眯地答应了。

第二天，唐伯虎准时赴约，让大家都很兴奋。大家见到赫赫有名的才子也来参加寿宴，自然感到非常荣幸。酒酣耳热之际，主人毕恭毕敬地邀唐伯虎做诗祝寿。

唐伯虎没有推辞，他站起身来，踱了两步，想了一想，用手指着老太太高声吟道："这个婆娘不

《唐六如居士像》
钱泳（1759～1844年）

唐寅，字伯虎，一字子畏，号六如居士、桃花庵主、鲁国唐生、逃禅仙吏等，据传于明宪宗成化六年庚寅年寅月寅日寅时生，故名唐寅。他玩世不恭而又才气横溢，诗文擅名，与祝允明、文征明、徐祯卿并称"江南四才子"。

嘻哈版故事会

是人，"啊！众宾客听后不仅纳闷，怎么天下闻名的才子开口就骂人，是不是酒喝多了？官宦这时也面露难色，酒桌上顿时鸦雀无声。

唐伯虎似乎没有在意别人的反应，他稍停片刻，慢慢吟出第二句："九天仙女下凡尘。""好！"宾客齐声喝彩，个个转忧为喜，主人的脸上也露出赞许的微笑。

这时，谁都想不到，唐伯虎又指着坐在上座的老太太左右的儿孙吟出第三句："儿孙个个都是贼，"这时，全场的气氛又回到了第一句刚吟出那会儿，比那会儿还要凝重一些，老太太的儿孙们也个个满面怒容，恨不能马上把唐伯虎赶出去。

稍停片刻之后，唐伯虎的手指方向又变了，他指着八仙桌上的寿桃，一板一眼地吟出最后一句："偷得蟠桃献娘亲。"

听完最后一句，众宾客不约而同地鼓起掌来。官宦也立即敬上美酒，感谢唐伯虎所献的绝妙祝寿诗。

心灵悟语

有时候，看上去是讽刺的话，并不一定是骂人；看上去赞扬的话，也许是笑里藏刀。

中 奖

有一家人，他们过着贫寒的生活，一家人相依为命，日子虽然过得清苦，但也算其乐融融。爸爸辛辛苦苦地工作，妈妈没有工作，在家做家务，有时还能帮邻居做一些手工活赚点生活贴补，儿子从小就知道生活的艰辛，所以一直都很懂事。

有一天，儿子放学回来，不像平时一样高高兴兴的和爸爸妈妈打招呼，而是眉头紧锁，显得郁郁寡欢、心事重重的样子。虽然他嘴上没说出什么事，但父亲把一切都看在眼里。他关切地问儿子，儿子还是不肯说，因为他不想为难父母。后来，父亲又问了很多次，他才吞吞吐吐地说："同学们都有自行车，只有我没有……"

父亲沉默了，因为家里确实没有多余的钱给儿子买一辆自行车。

过了几天，儿子回家后带着惊喜的表情，急匆匆的对父亲说："爸爸，给我两块钱吧。我要玩转盘游戏，其中有一个奖品就是一辆自行车。"

父亲看着儿子渴望的眼神，没说什么，把两块钱递给了儿子。

儿子欢天喜地地跑了出去，不久，便垂头丧气地回来了。

"哎，我是这个世界上最不幸的人啊。"儿子忧郁地嘟囔着，坐在书桌前开始写作业。

这时，父亲意识到一辆自行车对儿子的重要性，若有所思地走开了。

第二天，父亲又给了儿子两块钱，让儿子再去试一试运气。儿子有点迟疑，但在父亲的鼓励下，他还是拿着钱去了。这回，儿子一蹦

嘻哈版 故事会

　　一跳地跑回家，兴奋的对父亲说："我中了，我中到自行车了，我是世上最幸运的人，再大的困难也难不倒我，哈哈哈哈。"

　　若干年后，儿子事业有成，但是当初的那辆自行车，他一直保存着。每当他受到挫折时，他都看看这辆自行车，一看到它，他就能想起他是世界上最幸运的人。

　　而那位父亲呢，一直保守着一个秘密。临终前，才把这个秘密告诉给儿子。他把儿子叫到床边，对儿子说："儿子，你知道那辆自行车是怎样中到的吗？"

　　儿子很困惑，不知道父亲怎么想起了这多年前的事情。

　　"这辆自行车是爸爸买的。我从朋友那里借了一些钱，买了那辆自行车，跟抽奖的老板打好招呼，让你中奖。因为，我不想让你觉得你是世上最不幸的人……"

心灵悟语

　　受到激励的人，会具有积极的人格特征，而得不到鼓励的孩子，就会有消极的人格特征。

卖烟的商人

从前,有一个美国商人到法国去做生意。他卖的是香烟。有一天,他来到巴黎,在那里的一个集市上滔滔不绝地说吸烟的好处。突然,从听众中走出一位老人,也没有跟他打招呼,就站到他的位置上,非要讲一讲不可。这位商人一点精神准备都没有,吃了一惊。

老人走到他卖东西的位置上,站定后,大声说道:"女士们,先生们,关于吸烟的好处,除了这位商人讲的以外,还有另外三大好处!我不妨讲给大家听听!"

商人一听这话,刚才生怕老人搅局的心情马上变了,立刻转惊为喜,连声向老人致谢:"谢谢您,老先生。看您相貌不凡、说话动听,肯定是一位学识渊博的人,那么就请您把吸烟的这三大好处当众讲讲吧!"

老人微微一笑,立刻讲了起来:

"第一大好处,狗一见到吸烟的人,就会害怕,会马上逃跑。"下面的人听得莫名其妙,而商人则暗暗地高兴。

"第二大好处,小偷不敢到吸烟的人家中去偷东西。"下面的人听后觉得很奇怪,而商人则喜形于色。

"第三大好处,吸烟者永远年轻。"下面的人开始躁动不安,而商人则是满面春风,得意得很。

老人摆了摆手,示意听众安静,说:"女士们,先生们,请安静,想必大家也没有听明白,因为我还没讲清楚为啥有这三大好处呢!"

商人这时也格外兴奋地说："老先生，请您快讲吧！"

"第一，吸烟的人中，驼背的比较多，狗一见到这样的人，它就会以为这人要捡地上的石头打它，它能不害怕吗？所以会马上逃跑。"听众发出了一阵笑声，商人则吓了一跳。

"第二，吸烟的人夜里爱咳嗽，小偷想去偷东西的时候，总会听听房间里有没有动静，人一咳嗽，小偷就会以为这家还有人没有睡着，所以不敢去偷东西。"听众一阵大笑，这时商人的头上开始冒出了汗。

"第三，吸烟的人很少有长寿的，所以永远年轻。"听众一片哗然。大家找卖香烟的商人时，发现他不知什么时候溜走了。

心灵悟语

老先生先褒后贬，商人以为是赞美，实际上却是在讽刺。

无形的鼓励

杰克从小就非常调皮，经常在大街上玩耍。他五岁的那年，一天，和往常一样，他还是在街上玩，但由于疏忽，被飞驰而来的卡车撞倒了。卡车司机急忙把他送往医院，经过医生的全力抢救，他的性命算是保住了，但是为了保住他的性命，医生不得不给他做了截肢手术，从此，杰克便失去了双手和胳膊。

两年以后，7岁的杰克到了该上学的年龄。但是由于肢体上残疾，他不能像其他正常的孩子那样学习生活，因此，杰克被学校残酷地拒绝了。

每天早晨，当杰克看着以前跟自己一起玩耍过的小伙伴们高兴地从他家门前经过，去学校上学的时候，他便感到十分难过，他很伤心地问妈妈："我的胳膊和手都没有了，我也想和他们一样去上学，怎么办呢？"

妈妈拍了拍杰克的肩膀，语重心长地说："孩子，别着急，只要你坚持锻炼，你的胳膊和手还会长出来的。"听完母亲的话，杰克脸上露出了灿烂的笑容，他看到了希望。

从那以后，在妈妈的帮助和指导下，他开始了艰苦的锻炼，他学着用脚洗脸、吃饭、写字，还学着用双脚做一些自己能做的事。杰克心中充满了希望，他坚信只要努力练习，失去的胳膊和手都会长出来。

几年过去了，杰克发现自己的胳膊和手并没有长出来，他感到有

嘻哈版故事会

些疑惑，便问妈妈："已经这么多年了，为什么我的胳膊和手还没有长出来呢？是不是我不够努力？"

这一次，妈妈没有骗他，对他说："孩子，你仔细想一想，别人用胳膊和手做的事情，你不也都做到了吗？"

"是的，我用脚代替了我的胳膊和手，而且，有些事情我比其他小伙伴做得还要好呢！"杰克说到这，感到非常自豪。

"那你自己说，你的胳膊和手有没有长出来呢？"妈妈笑着看着杰克，接着说："孩子，每个人都有一副坚强的臂膀和强有力的双手。而这些并不是在表面上，而是装在自己的心里，只要你愿意，你就能利用它们战胜一切困难。"

男孩终于明白了，妈妈当初确实没有骗他，即使经过多么严格的训练，他的胳膊和双手也永远不会在生理方面长出了，但是这种训练，实际上却让他的肢体完整了。从此，男孩更加刻苦地学习，而那无形的胳膊和双手帮他渡过了一个又一个的难关，最后，他终于凭借自己的努力考上了大学。

心灵悟语

鼓励的力量是巨大的，它能使一个不幸的孩子重新站起来，摆脱自己不幸的命运，过一个正常人的生活，有时，他们比正常人还要幸福的多，至少他们自己是坚信的。

情商故事

做好自己的事

凡是热爱篮球的人，肯定都知道奥拉朱旺这个名字，奥拉朱旺的荣誉数不胜数，他在两年内将20世纪90年代四大中锋的其他三位揍得屁滚尿流，一举奠定了90年代第一中锋的位置。他缔造单赛季包揽常规赛MVP、年度最佳防守球员和总决赛MVP的神话，职业生涯总共3830次封盖高居汗青首位。

在NBA历史上的每一场比赛中，得分、篮板球、助攻、抢断及盖帽这几大项都达到两位数的杰出运动员总共只有4位，而奥拉朱旺是其中之一。因为这一点，人们都称呼他为"大梦"，意思是"最好的"。连著名的篮球教练汤姆·贾诺维奇也对他赞不绝口，他曾对他说过："你给予我们的，远比从我们这里得到的多得多！"

奥拉朱旺退役之后，他那件标志性的34号球衣被永远地升上了火箭队主场康柏中心球场的屋顶。从那以后，每一个进入康柏中心球场的观众，都能看见这件球衣，从而想到它的主人——奥拉朱旺。

更值得一提的是，尽管有成千上万的球迷、不计其数媒体追捧他，奥拉朱旺却从来没有摆过明星的架子，他一直那样谦卑有礼，兢兢业业地打好每一次比赛。

当有记者采访他，问他是如何在得到这些荣誉后仍能保持冷静，取得更加惊人的成绩时，奥拉朱旺回答道："我一直记得我的启蒙教练对我说过的话，他说：'你只需要集中精力打好比赛，那些赞美和批评

就都是给别人的。'所以，在我的职业生涯中，我总是力求集中精力向前看。当人们把赞誉之词抛过来时，我就会觉得，他们是在说另外一个人。"

心灵悟语

不管其他人对你是赞美还是批评，集中精力做好你自己的事，你才能赢得你想要的东西。

情商故事

被咬过的苹果

　　爱德华从小双目失明，那时候的他根本没有意识，也不知道失明的后果。当他慢慢长大的时候，他才知道，他永远也看不到整个世界，永远无法用双眼知道这个世界的样子。

　　"我的上帝，您为什么要这样对待我？难道是我做错了什么吗？"爱德华常常这么自言自语，"我看不到天空中飞翔的小鸟，看不到茂密

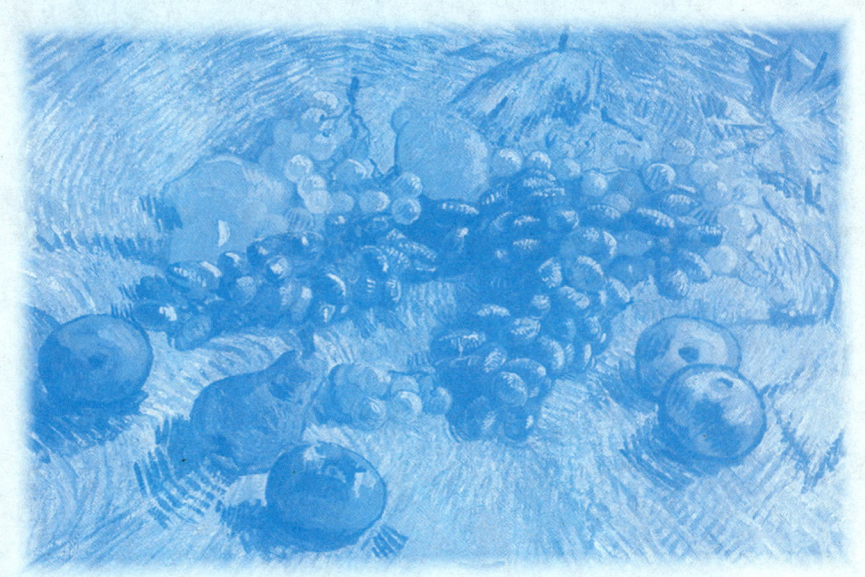

《葡萄，柠檬，梨，苹果》　梵高（1853～1890年）
　　人无完人，就像这些漂亮的水果也难免在某个不显眼的地方有着小瑕疵，但这并不会影响我们未来的道路。

嘻哈版故事会

的树林,不知道颜色的区别,我失去了光明,我还能干什么?"

在他的身边,有很多人都很关心他,愿意照顾他,帮助他,无论是亲人或者是朋友,甚至许多不认识的好心人。他坐公交车的时候,常常有人给他让座;在他过马路的时候,会有陌生人主动过来帮助他。但是这一切帮助,爱德华都看成是别人对他的同情和怜悯。他也不愿意一直这样被同情。

直到有一天,一件事情改变了他对这个世界的看法。那天他到教堂去,问神父:"为什么我这么不幸?"神父却对他说:"在这个世界上,每一个人都是被上帝咬过一口的苹果,都是有缺陷的。只是有的人缺陷比较大,那是因为上帝更喜欢他芬芳的味道。"

"我真的是上帝咬过的苹果吗?"他疑惑地问神父。

"当然是的,你不是上帝的弃儿。上帝肯定不愿意看到他喜欢的苹果在悲观失望中度过一生。"神父摸着爱德华的头,轻轻地回答道。

"谢谢你,神父,你让我找到了力量。"爱德华高兴地对神父说。

从此,他的心态就变了,开始把失明看做是上帝对他的特殊钟爱,他开始振作起来,学习一些力所能及的事情。若干年后,他成为当地一位德艺双馨的盲人推拿师。

心灵悟语

缺陷并不可怕,鼓励就能够填补这个缺陷。有了这些鼓励,再大的缺陷都是渺小的。

情商故事

爱的延续

田利刚刚出生的时候，由于妈妈难产，医生不得不采取一系列的助产手段来保证他们母子平安，所以出生后，田利的四肢发生了变形，头也变了形。家人看到出生的孩子是个畸形儿，都非常失望，可是田利的奶奶却不这么认为。她认为田利长得很特别，非常可爱，她老人家也非常喜欢这个丑小孩。

奶奶从此开始负责照顾田利。她送他上学，放学后，她拿着玫瑰花来接他；她来参加他的十四场独舞表演会；她指着她满是皱纹的脸颊告诉他，他脸上的酒窝是来自她的遗传；她学着他，在家里的厨房里跳踢踏舞；她陪着他玩，却不去和其他的大人一起吃感恩节大餐；在圣诞节的时候，她和他一起坐在客厅里欣赏圣诞树上那些漂亮的灯饰。

在田利上小学二年级的时候，经医院诊断，奶奶得了老年痴呆症。就是因为这个病，她离一家人越来越远，以前在一起的快乐画面也越来越少了。

奶奶生病后，说话总是断断续续的。时间一天天的过去，奶奶的话也越说越少，到最后，她连一句话也不说了。不过值得庆幸的是，奶奶至少还说了几个不寻常的字。她把那些字说出口后，家里人就知道她的日子已经不多了。

奶奶得这个病得了7年，在她过世前的一个星期，身体就完全不听使唤了，医生决定把她送进危重病房，而进入这个病房的人，很少有

·115·

能出院的。

　　得知奶奶的病情，田利心里感到非常难过，他决定去医院看看奶奶。

　　由于田利正在上初三，课业压力比较大，他找了课程相对轻松的一天，让妈妈带着他去医院看奶奶。家里的亲戚基本上都在那里。但是当田利走进住院部的时候，他发现他们都站在走廊里。他走进病房，奶奶闭着眼睛，他坐在床边的椅子上。得知由于医生帮奶奶打了镇静剂，所以她一直在睡，醒来的时候非常少。田利心里纠结极了，因为他知道这恐怕是他最后一次看到奶奶了。

　　田利从椅子上站起来，在奶奶的床边慢慢坐下。他握着奶奶的手，看着自己心爱的奶奶。他想张开嘴跟奶奶说说话，可是又不知道说些什么。看着奶奶那张憔悴的脸，他更加难过。现在他唯一能够做的，就是坐在她身边陪她。

　　突然间，奶奶一把握住了田利的手，越握越紧，刚刚醒来的奶奶想要说话。一开始，她说起来很吃力，样子非常痛苦。后来，她终于把话说出口了。

　　"田利。"她清清楚楚说出了这几个字。这让田利非常感动，因为在她身边的亲人很多，可是她知道这时是田利在她身边。

　　他更加难过了，眼泪顺着脸颊慢慢流了下来。

　　他之所以哭，因为他知道了他出生那天她的感受。她看到的是他的心、他的内在，而并不是他的外表。

心灵悟语

　　赞扬是一种爱，它能够抚平心灵的伤痛，让你在健康的环境里茁壮成长。这种爱也能感染周围的人，让这种爱延续。

第四章 倾听——
克服自我，尊重对方

倾听属于有效沟通的必要部分，狭义的倾听是指凭助听觉器官接受言语信息，进而通过思维活动达到认知、理解的全过程；广义的倾听包括文字交流等方式。其主体者是听者，而倾诉的主体者是诉说者。两者一唱一和有排解矛盾或者宣泄感情等优点。倾听者作为真挚的朋友或者辅导者，要虚心、耐心、诚心和善意为倾诉者排忧解难。

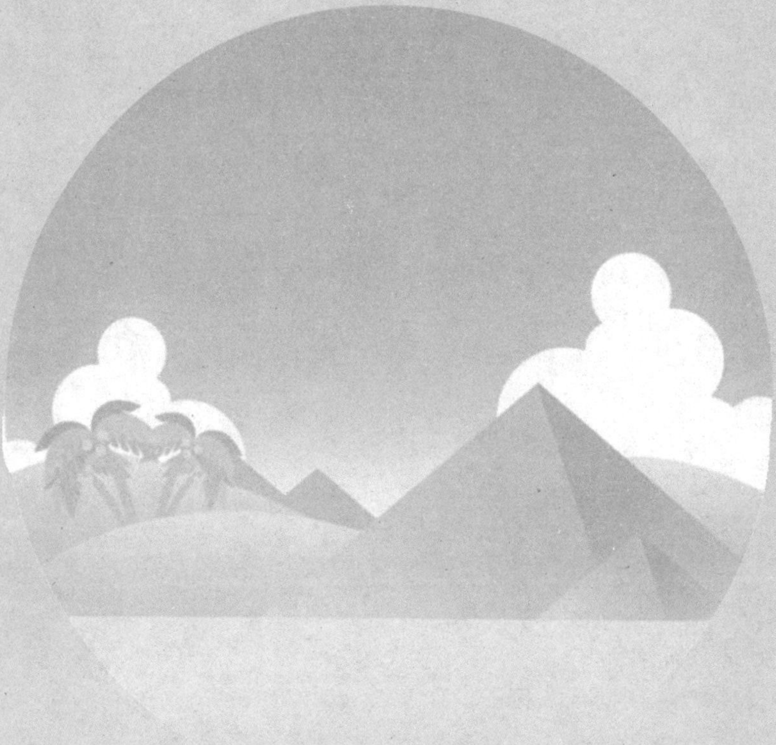

联欢会上的弹奏

1991年,一位来自辽宁沈阳的父亲带着他9岁的儿子,来到北京寻找他们的音乐梦想。可是,父子俩一无关系、二无背景,仅凭着对音乐的执着与热爱,根本不足以引起行业内的重视。为了能留在北京,这位父亲费尽周折,将儿子送进了一家小学,这样,他们在北京才得以落脚。

他儿子的特长是弹钢琴,因为北京毕竟是一个大城市,这里的教学水平肯定也很高,于是,他们落脚之后,父亲就花高价请了一位有名的钢琴老师,给自己的儿子上辅导课。

第一天,钢琴老师只教了孩子一段简单的乐谱,孩子弹到半截他就摇起了脑袋,对父亲说:"这孩子,脑子比一般人笨,反应也很慢,将来肯定考不上中央音乐学院的,我劝你趁早别让孩子学弹钢琴了!"结果,老师的话刚说完,性格倔强的儿子当场就和老师吵了起来,父亲无论怎么也劝不住,师生俩最后闹得不欢而散。

看着儿子如此不争气,父亲心里难过极了,平静下来后,他对儿子说:"这些年,爸爸辞掉了工作、卖了我们家乡的房子,我们俩背井离乡,到处求人,不就是为了你能学好钢琴,将来能上中央音乐学院吗?你现在却这样!你对得起谁啊?"

儿子听后,倔劲又上来了,狠狠地对爸爸说:"爸,我再也不学琴了,我想回沈阳!"

经过一次又一次的争执,父亲由开始的失望变成了绝望,他决定

嘻哈版故事会

带儿子离开北京了，回老家去。在他们动身的当天，却接到了一个意外的通知：儿子所在的小学举办联欢会，老师知道他的孩子会弹钢琴，所以指定要他的儿子来弹奏一曲。

儿子显然还在生气："我不弹，不弹了，连请来的钢琴老师都说我笨，还说我反应慢，我再也不想摸琴了！"父亲回复了学校的老师后，几位老师都感到很奇怪："怎么弹得好好的，说不弹就不弹了呢？"

于是，老师们来到他们住的地方，开始做儿子的思想工作。"不摸琴了？你父亲送你来北京，不就是为了学琴的吗？"老师们耐心地劝着他的儿子。然而，无论老师们怎么做工作，儿子就是不肯再摸琴了。

他们的争执引来了儿子班上的同学。接下来，令儿子感动的一幕出现了，小朋友们你一言我一语地帮着劝开了："弹吧，我们都喜欢听你弹琴！""在我们心目中，你的钢琴是我们班里弹得最棒的！"

联欢会上，儿子含着泪水，以从未有过的激情，弹奏了几支中外名曲。台下的听众们听得如痴如醉，掌声四起，久久没有停下。演奏完，儿子站起身来，一次又一次地向鼓励他的人们鞠躬，在那些连绵不绝的掌声中，儿子做出了一个改变一生的决定："我要继续学弹钢琴！而且我一定要学好，我也一定能学好！"

凭着过人的自信和自己加倍的努力，两年后，儿子以第一名的成绩考入中央音乐学院附属小学；10年后，他成了中央音乐学院最年轻的客座教授，并且凭着一系列成功的演出技惊中外。这个孩子，就是被誉为"百年不遇的钢琴天才"的郎朗。

成名之后，很多人问起郎朗成功的秘诀，郎朗无一例外，都会提及小学时那场特殊的联欢会，提及激励自己的掌声。

心灵悟语

这些掌声，是对艺术的肯定。观众们的倾听，让郎朗克服了自我，就是他们的倾听，拯救了一位音乐天才。

人生路上的石头

山上有一个采石场，有一个放羊的孩子经常路过那里，有时他会停下来看一会工人干活。一次，孩子待了很久，看着那里的一位采石工人抡着大锤用力地击砸着一块大石。这块大石似乎无比坚硬，他数着，这位石工已经敲砸了一百多下了，可这块石头丝毫没有要碎裂的迹象，还是纹丝不动。

砸了一会儿，石工累了，他停下来喘了口气，喝了一些水，就继续一锤又一锤地击打这块石头，又连着锤了一百多下，这块石头还是老样子。这时，石工累得已经满头大汗了，身上的工作服也被汗水浸透了，于是他脱下衣服，扔在一边，用毛巾擦了擦身上的汗，光着膀子接着干了起来。

咔嚓一声，这块石头终于在这位石工有力的一锤下一分为二。这时，放羊的小孩走了过来，笑着告诉这位石工，他一共用了542锤才锤开这块石头，因为他在一旁一锤一锤的数着呢。

"请问，你砸了那么多下，这么半天，你怎么知道这块石头肯定能被砸开呢？"放羊小孩好奇地问石工。

石工告诉他："这个世界上没有砸不开的石头，只要你坚持不停地砸下去。其实，我每砸一下，这块石头的内部都会受到损伤，只不过从外面看不到而已。"

心灵悟语

坚定的决心，持续不断地努力，才能将横在我们人生道路上的石头击碎，无论这块石头有多么巨大。

鸭子与天鹅

鸭子和天鹅在很久很久以前，其实是一对亲兄弟，那时，它们的外貌一模一样。鸭子是哥哥，天鹅是弟弟。

长大后，他们一同拜山鹰为师，学习飞翔的技艺。鸭子跟老师才学了三天，就有些受不了了。他跟天鹅抱怨着说："唉，我俩要是出生在山鹰家里该多好，从小就能飞，可以在天空中随意翱翔，省得受这份罪，去练这飞翔的技艺。"

天鹅听后，便劝哥哥说："真本事都靠用功，哪有一生下来就什么都会的人呢？即便是山鹰的孩子，也不是一生下来就会飞，也是通过长期艰苦的练习，才练就了一身过硬的翱翔技艺。不信，你问问老师。"

"是啊，山鹰的孩子当然不是一出生就会飞的，他们练起飞翔来，一点也不比你们轻松，翅膀刮伤、脖子扭坏，那也是常有的事。"山鹰笑着说。

鸭子听后，感觉心理平衡了一些，但是他平静了没几天，又开始烦躁起来。"哼，山鹰练飞虽也很辛苦，可是他的起点毕竟比我高呀，我看我再苦练也跟不上人家。我干脆另谋出路算了。"天鹅听后苦口婆心地劝解哥哥，但是都没有效果，鸭子开小差溜了。

鸭子离开山鹰后，找到了金雕，跟着金雕继续学习飞翔的技艺。但没过几天，他又腻了，还给自己找了一个很好的借口："环顾四周，就这么一处比较高的山，这里的环境太小，根本不是练出绝世功夫的地

情商故事

方。"于是，他再次出走。

就这样，他先后来到大海上向海鸥求教，来到沙漠里向秃鹫学习，也曾到过森林里以猎隼为师……他辗转各地，东奔西走，结果不是嫌环境艰苦，就是嫌老师刻板，他每天都在怨天尤人，都有说不完道不尽的牢骚。

许多年过去了，鸭子飞翔的能力一点也没有提高，只能勉强从一个水塘飞到另外一个水塘。

而他的弟弟天鹅呢，经过长期刻苦的训练，已经成为了举世闻名的飞行家，他们能飞越珠穆朗玛峰，那里往往连老师都望尘莫及。

有好事者将天鹅的事情告诉了鸭子，问他对此有何感想，鸭子说："天鹅命好呗，老师偏向他，我们的父母也更宠他，要是我也有他那些条件，我肯定比他现在飞得还远还高，珠穆朗玛峰算什么！哼！"

《松梅双鹤图》 沈铨（1682～1760年）

学习飞翔是鸟儿的必修课，而我们也有我们必须学习的东西。如果做不到，与其怨天尤人，不如再努力一把。

心灵悟语

做人不能怨天尤人，先要从自身找原因。在面对困境的时候，我们要有决心和毅力去克服它。

被冤枉的小鸟

有权有势的狮子带着夫人去看演出,他们走进了剧场,准备欣赏鸟儿的演唱。由于狮子的威望,很多野兽都很怕他,不敢走在他的前面,甚至连大气儿都不敢喘一声。待狮子在包厢里坐好后,便喊了一声:"上场演出吧,我的歌星们!"

今天有两位演出的演员:椋鸟和夜莺。面对狮子,椋鸟既胆怯又激动,他差点儿忘记了歌词,唱了好一阵子才渐渐镇静下来,声音也更加圆滑了,乐曲也更加动听了。

他的唱法很与众不同:忽而宛转啁啾,忽如鸽哨凌空,时而声如云雀,时而嗓赛柳莺,时而咕咕模仿鸡叫,时而哈哈学人的笑声。花样翻新,层出不穷!但在这样的乐曲下,剧场的管理员狐狸却发现了狮子的异常:狮子听着这美妙的歌曲,竟然闷闷不乐,有时还把身子转了过去,背对着舞台。

轮到夜莺上场了,还没等他唱,狮子就在皱眉。这是什么意思呢?狐狸猜测着,简直弄不明白啊!狮子坐立不安,他想站起身来,但是狮子太太却劝丈夫坐着别动。

台上的夜莺开始演唱了,他演唱得格外动听!与椋鸟相比,有过之而无不及!

不料此时,狮子一抖鬃毛,忽然从座位上站起来,没听完夜莺的歌曲,便离开剧场匆匆而去,还拉走了他的太太。

情商故事

　　"都怪你们俩！"狐狸立刻开了口，"亏了你们还被捧为'森林歌星'，你们五音不全，还夸什么歌喉！我刚才一直盯着狮子的脸色看，隔段时间他就会眉头紧皱！你们唱得真丢脸！真是给我当众出丑了！"

　　随后，他下了一道指示："责令夜莺和椋鸟，参加学习班，重新演唱！"

　　这究竟是怎么回事儿呢？狮子原本是非常爱听歌曲的，而这两位歌手，也是公认的明星，听他们唱歌，狮子本应当格外高兴才对，以往他都很爱听的，怎么这次却一反常态呢？

　　后来，老鹰经过询问才知道：那天狮子吃坏了肚子，坐在那里之后，就一阵阵的肚子疼，刚开始他还忍着，后来实在忍不住了！

心灵悟语

　　做人不能见风使舵，总去琢磨别人的心思，而没有自己的主见，这样只会误事。

头悬梁锥刺股

苏秦是战国时期东周洛阳乘轩里人，字季子，虽然出身寒门，却怀有一番大志。他跟随鬼谷子学习游说术多年后，看到自己的同窗庞涓、孙膑等都相继下山求取功名，于是也和张仪告别老师下山。张仪去了魏国，而苏秦在列国游历了好几年，但一事无成，只得狼狈地回到家里。

家里人看到他趿拉着草鞋，挑副破担子，一付狼狈样。他父母狠狠地骂了他一顿；他妻子坐在织机上织帛，连看也没看他一眼；他求嫂子给他做饭吃，嫂子不理他扭身走开了。苏秦受了很大刺激，决心争一口气。苏秦知道自己这么多年来很对不起家人，既惭愧，又伤心，不觉泪如雨下。但苏秦扬名天下的雄心壮志仍然不改，于是闭门不出，取出师父临下山时赠送给他的礼物——姜子牙的《阴符》，昼夜伏案攻读起来。

苏秦经常自勉说："读书人已经决定走读书求取功名这条路，如果不能凭所学知识获取高贵荣耀的地位，读得再多又有什么用呢！"想到这些，苏秦更加忘我地学习起来。

从此以后，他发愤读书，钻研兵法，天天到深夜。有时候读书读到半夜，又累又困，他就用锥子扎自己的大腿，虽然很疼，但精神却来了，他就接着读下去。就这样，用了一年多的工夫，他的知识比以前丰富多了。

同样，在东汉时期，有个人叫孙敬，是著名的政治家。他年轻时

情商故事

勤奋好学，经常关起门，独自一人不停地读书。每天从早到晚，常常废寝忘食。读书时间久了，他疲倦得直打瞌睡。他怕瞌睡会影响自己读书学习，就想出了一个特别的办法。古时候，男子的头发很长。他就找来一根绳子，一头牢牢绑在房梁上，另一头系在头发上。当他读书疲劳打盹了，头一低，绳子就会牵住头发，这样就会把头皮扯痛，他马上就清醒了，这样就能再继续读书学习了。

年复一年地刻苦学习，使他饱读诗书，博学多才，成为一名通晓古今的大学问家，在当时江淮以北颇有名气，常有不远千里的学子来向他求学解疑、讨论学问。

心灵悟语

只有克服了自身的缺点，才能够百尺竿头更进一步，成功才会离你越来越近。

嘻哈版 故事会

睿智的狄仁杰

　　武则天当皇帝时，反对她掌权的人都被无情地镇压了；但对于贤才，她会不计较他们的门第出身、资格深浅，会破格提拔，大胆任用。所以，她的手下有一批有才能的大臣，宰相狄仁杰就是其中之一。

　　能够被这位女皇信任、看重，狄仁杰显然不是一般的人物。那么他厉害在哪里呢？

　　狄仁杰还在豫州做刺史的时候，因为办事公平、执法严明，颇受当地老百姓的称赞。武则天听说了他的才能，便把他调到京城做宰相。

　　一天，武则天想试一试狄仁杰，毕竟只是听说过他的才能，并没有亲眼见过。于是她便命他前来觐见，对他说："你在豫州时名声很好，但是也有人在我面前弹劾过你。你想知道他们是谁吗？"

　　狄仁杰谢道："别人说我不好，这很正常。如果陛下认为臣的确

心灵悟语

　　当遇到闲言碎语的时候，不还击是一种克制自己的方法，也是对其他人的尊重。与其把心思花在如何防御闲言碎语上，不如用实际行动来证明自身的清白。

犯有那样的过失，那请您对臣直言，臣一定改正；如果陛下认为那不是臣的过错，那就不必为此劳神。但是无论哪种情况，我都不想知道是谁弹劾我。因为只有这样，我才可以继续和对方和睦相处。"

武则天立刻被狄仁杰的宽大器量打动了，不但更加赏识他，还非常敬重他，甚至把他称为"国老"。

"国老"年长以后，多次上书请求告老还乡，可武则天一直不舍得让他走，直到狄仁杰93岁时溘然长逝。狄仁杰死后，武则天常常为此痛惜。

嘻哈版故事会

百分百生命

　　从前有一位教授,他在一所大学教课,而他住的地方和这所大学中间,隔着一条河,由于桥的位置离学校和家都很远,为了节省时间,他选择每天乘小船到对岸上班。

　　一天早上,他又乘小船上班,途中,他忽然兴致勃勃地指着天空问渡船的人:"船家,你对天文学知识了解多少?"

　　船家很惭愧地回答说:"教授,我从小受教育不多,所以对天文学的知识一无所知。"教授听后非常得意,说:"天文学知识你都不懂?那你已经失去了25%的生命了。"

　　没过一会,教授又问:"船家,那你对生物学知识了解多少呢?"船家更羞愧地回答:"对不起,教授,我也不懂什么是生物学。"教授惊异地说:"连生物学你也不懂?那可以说你已经失去50%的生命了。"

心灵悟语

　　一个人最大的价值并不在于他受过多高的教育,而是在于他有没有经得起生活中的风浪的技能。没有这个能力,还不懂得尊重别人,只有自取灭亡。

情商故事

又过了不久，教授指着水中的芦苇问："那你到底知道不知道什么是植物学呢？"船家惭愧地连头也不敢抬，小声地答："我……我不知道。"教授忍不住大笑起来说："那可以说你已失去了75%的生命了！"

就在这时，狂风大作，天色大变，暴雨骤来。小船在风浪中撞到了一块大石，船底破了一个洞，河水立刻涌了进来，眼看小船就要沉没了。船家连忙准备跳水逃生，他关心地问教授："你会不会游泳？"教授已经吓得面无血色，回答他说："我就是不会游泳啊！"船家很同情地对教授说："那看来你马上就要失去100%的生命了。"

嘻哈版故事会

敲 门

　　维多利亚女王是英国历史上在位时间最长的君主，在位时间长达63年。维多利亚女王是第一个以"大不列颠和爱尔兰联合王国女王和印度女皇"名号称呼的英国君主。

维多利亚女王是英国历史上在位时间最长的君主，在位时间长达64年。她是第一个以"大不列颠和爱尔兰联合王国女王和印度女皇"名号称呼的英国君主。

情商故事

一次，维多利亚女王与她的丈夫吵架了，丈夫一气之下，独自回到卧室，还把门从里面锁上了。女王回卧室休息的时候，因为进不去，只好敲门。

丈夫在里边问："是谁啊？"

维多利亚傲然回答："女王。"

维多利亚等待着门从里面打开，没想到等了一会，里边既不开门，又无声息。她只好再次敲门。

里边又问："是谁啊？"

"维多利亚。"女王无奈地回答。

里边还是没有动静。女王只得再次敲门。

里边再问："是谁啊？"

女王知道前几次他不开门的原因，所以柔声地回答："是你的妻子。"

这一次，门打开了。

心灵悟语

不要以为自己随时随刻都高高在上，也许在下属的眼里，你是上司，但是在母亲的眼里，你就是一个孩子，在丈夫的眼里，你就是一个妻子。

被冤枉的屠夫

宋朝时的开封，住着一个屠夫，姓方，他的老婆行为不检点，总和邻居勾勾搭搭的，被屠夫发现了几次后，不知悔改，因此，屠夫和公婆经常骂她。但她还是丝毫没有悔改的意思，于是恨铁不成钢的屠夫感到是可忍孰不可忍，开始打他的老婆。由于身体上受到了伤害，她就有了离开丈夫、远远逃走的想法。

有一天傍晚，她去井边打水，这一去就没有再回来，屠夫发现自己的妻子这么久都没有回来，天又这么晚了，担心妻子出了什么意外，就立即去官府报了案。

官府去屠夫说的他妻子经常去的那口井附近查看，这么巧，在附近的一口枯井中发现了一具女尸，官府怀疑是方屠夫妻子的尸体，于是派人叫屠夫和他的岳父去辨认尸体。屠夫仔细地查看了一下尸体说："我肯定这不是我老婆，因为我老婆脚大，穿鞋经常把鞋子磨破，所以用不了多久鞋子就穿坏了，因此她截掉了一个小趾，再看这具尸体，脚趾是全的。"

屠夫辨认完尸体，他的岳父，就是妻子的父亲又来辨认，但是屠夫与他的岳父一向不和，虽然也认出了这具尸体不是自己女儿，但他的岳父觉得这正好是报复女婿的一个好机会。于是，等屠夫看完，他

情商故事

便走上前去查看，看了没两眼，就伏在女尸旁大哭起来，并对官府的人说："这就是我的女儿，她的公婆和丈夫一向欺负她，一定是他们把她打死后扔在井里的。你们一定要为我的女儿报仇啊！"岳父这么一闹，屠夫顿时觉得百口莫辩了。

因为正好是盛夏时节，两天后，尸体已经开始腐臭，官府只得把尸体埋在了城外，把屠夫收监候审。屠夫在受审时，忍受不住酷刑，只得招认是自己害死了老婆。

过了些日子，刑部派来的一位郎中复审此案，他为人细心谨慎，查阅案卷后发现许多疑点，他认定此案必是冤案，还认为屠夫的老婆肯定没有死，屠夫绝对是被冤枉的。他提出异议后，负责审理此案的宣抚使却坚持原判。这位郎中为了查证事实，就派人到各城门口去查看张贴的捉拿逃亡者的告示。功夫不负有心人，终于发现一张告示中提到一个女婢，与发现的女尸的身体特征非常相似。郎中得知这个消息后，立即派人起出原尸。他们找到了当时的埋尸者，埋尸者指着河岸上一个新坟说："就是那座坟。"

为了验证，众人七手八脚地把坟挖开。没想到，挖开后一看，里面埋的竟是一具男尸。大家都感到非常诧异，郎中这时却若有所思地说："现在正值盛夏，河水如果涨了上来，把尸体埋在这里就可能让过河的人遇到危险，可能他是把尸体匆匆抛到河里，然后回去交差了吧。得知我们要挖坟验尸以后，他又非常惊慌，所以随便找来一具男尸充数。"

官府审问埋尸者，埋尸者说郎中猜的一点都不假，便点头承认了。

宣抚使听了郎中的分析，虽然明白屠夫是冤枉的，但以没有抓住逃走的他的妻子为由，仍然不肯释放屠夫。

事也凑巧，开封有一个官吏被调任洛州为官，他的一个听差在来迎接的歌妓中发现了屠夫的老婆，便把她带到州府审问。原来这个女人趁打水出逃了，跑到以前和他相好的人家，没想到那家人竟然见利忘义，把她卖给了妓院，从那天起她便沦为歌妓。

　　事情终于真相大白，屠夫终于重获自由。

心灵悟语

　　任何人都值得被尊重，哪怕是一位罪犯，先要给他们尊重，你才能看出事情的蹊跷，才能不被强权左右，才能伸张正义。

有魅力的推销员

有个业务员,他为美国强生公司做大客户销售工作,他的客户中,有一家药品杂货店。他每次去这家店的时候,总要先跟柜台上的营业员寒暄几句,然后才去见店主。

有一天,他又到这家商店去办公,店主突然告诉他,今后不用再来了,因为他不想再买强生公司的产品了,因为强生公司的许多活动都是针对食品市场和廉价商店而设计的,对他们这样的药品杂货店没有丝毫好处。这个业务员听后,只好离开了这家药店。他开着车子在镇上转了几圈,脑子里也琢磨着一些事情,最后,他决定再回到那家店里,把情况说清楚。

再次走进店里的时候,他照常和柜台上的营业员打招呼,然后到里面去见店主。没想到店主见到他很高兴,笑着欢迎他回来,而且订了比平时多一倍的货。业务员十分惊讶,不明白自己离开店后的几个小时发生了什么。

店主看着疑惑的他,指着柜台上一个卖饮料的男孩说:"在你离开以后,卖饮料的男孩走过来告诉我,你是唯一一个到店里来的会同他打招呼的销售员。他告诉我,如果有什么人值得同其做生意的话,那就应该是你。"

从此,这家店成了这个推销员最好的客户。这个推销员在说他的推销秘籍的时候说:"关心、尊重每一个人是我们必须具备的品质,哪怕那个人微不足道。"

心灵悟语

当你用诚挚的心灵使对方在情感上感到温暖,在精神上得到满足,你就会体验到一种美好、和谐的人际关系,你就会拥有更多的朋友,并获得最后的胜利。

嘻哈版故事会

尊 重

在一所医学院,一群刚入学的大学生准备上自己有生以来的第一节人体解剖课。他们在教授的引领下,来到实验室一具新鲜的标本前。标本是一位刚刚去世的老人。这位老人临终前,自愿把遗体捐给医学院,虽然他的子女都持反对意见,但老人的态度很坚决。最后,他们只好顺从了老人的遗愿。

尸体被存放在一尊玻璃棺材里,当玻璃盖被轻轻掀开,老教授拿着手术刀的手突然停了下来,他对他的学生们说:"现在,让我们一起,向这位陌生的逝者默哀三分钟吧!"学生们都愣了一下,但随后,都不约而同地摘下头上的帽子和口罩,开始为老人默哀。

三分钟后,教授和学生们都抬起头,教授说:"虽然这具标本是其本人自愿捐献的,但我们的学习毕竟会损伤他的躯体,所以我们要向他表示歉意!"

学生们静静地听着,这第一堂解剖课,让他们得到了两次人生的洗礼:一次是那具纯洁的标本,让他们产生敬意;另一次是老教授,因为对遗体的尊重而让他们也产生了对教授的尊重。

心灵悟语

每个人都应该被尊重,无论是生是死,尊重他人是一种人格上的魅力。

买不到的尊重

有位富翁十分有钱，但却得不到其他人的尊重，为此，他苦恼不已，总在寻思着如何才能得到众人的尊敬。

一天，他在街上散步，看到街边有一个衣衫褴褛的乞丐正在乞讨，他心想，我的机会来了，便在乞丐的破碗中丢下一枚亮晶晶的金币。

谁知，这个乞丐头也不抬，依旧是忙着捉身上的虱子，富翁很生气，责骂乞丐："你眼睛瞎了吗？没看到我给你的是金币吗？"

乞丐依旧看都不看他一眼，答道："给不给是你的事，不高兴你可以拿回去。"

富翁大怒，又丢了十个金币在乞丐的碗中，心想，他这次一定会趴着向自己道谢的。不料，乞丐的态度和之前一样，仍是不理不睬。

富翁气得几乎要跳起来了，冲着乞丐吼道，："我给了你十个金币，你看清楚了，我是有钱人，好歹你也尊重我一下，道个谢你都不会吗？"

乞丐伸了个懒腰，懒洋洋地回答："有钱是你的事，尊不尊重你则是我的事，这是强求不来的。"

富翁急了："那么，我将我财产的一半送给你，能不能请你尊重我呢？"

乞丐给了富翁一个白眼，说："你给我一半财产，那我不就和你一样有钱了吗？为什么要我尊重你。"

富翁更急了，道："好，那我将所有的财产都给你，这下你是否

愿意尊重我了。"

乞丐大笑："你将财产都给我，那你就成了乞丐，而我成了富翁，我凭什么尊重你。"

心灵悟语

尊重是用金钱买不来的，只能用等价的尊重去交换。

情商故事

不该来的雨

　　嘉利是学校里一个比较贪玩的孩子。春天到了，老师准备组织学生去郊游，嘉利高兴极了，一大早，他便收拾好自己的东西，准备享受这次美好的郊游，但到学校不久，天开始下起了小雨，雨越下越大，丝毫没有要停的意思。看天气糟糕成这样，老师宣布，这次活动取消了。

　　嘉利感到很郁闷，他淋着雨，怒气冲冲地赶回家。一进门，他便甩掉书包，一头倒在床上，一句话也不说。父亲见他这个样子，大概也猜出了原因，便决定和他谈谈。

　　父亲走到嘉利的床边，用手拍了一下他的肩膀，问道："你看上去很不开心，有什么不高兴的事情吗？可以跟我说说吗？"

　　于是，嘉利便把郊游的事情一五一十地跟父亲说了一下。

《姐妹》　莱顿（1830～1896年）
孩子的心没有太过复杂的内容，这份单纯是比任何财富都珍贵的。

父亲听他讲完后，说道："这雨什么时候下不好，偏偏这个时候下。"

嘉利听父亲这么说，也接着话茬说："是啊，为什么非要现在下呢？"

这时，父子俩都看着外面的雨，沉默了一会，然后，嘉利开了口："哦，这次不行，可以等到下次再去。"显然，他现在平静多了，没有一进门那样生气了。整个下午，他再也没有发过脾气。

往常，只要嘉利气愤地跑回家，他的情绪便会影响全家人，让全家每个人都不开心。这种气愤一直会持续到深夜，直到他睡着。没想到，今天父亲的一席话竟使他变了。

心灵悟语

对孩子的尊重方法就是倾听，倾听他们的内心世界，他们的不开心也会随着心门的打开而消失的无影无踪。

情商故事

童 言

美国有位著名节目主持人叫林克莱特。一天，在节目演播室，他请上来一位小朋友，他问这个小孩："你长大了想干什么？"

小朋友说："我想当飞行员。"

林克莱特接着问："那么如果有一天，你驾驶的飞机在太平洋上空燃料耗尽了，发动机马上就要熄火了，你会怎么办呢？"

小朋友想了想，天真地说："我会先告诉飞机上所有人，让他们都系好安全带，然后我再穿上降落伞，先跳下去。"

节目现场的观众听后笑得东倒西歪，小朋友并不知道他们为什么笑，所以变得不知所措、目光惶恐起来。

而主持人林克莱特却没有笑，他看着这个孩子，觉得这个孩子并不是想临阵逃脱，做个胆小鬼，他肯定会有自己的见解。于是，他继续问这个孩子："你为什么要这样做呢？"

让所有观众都没有想到的是，孩子突然哭了，他的回答出乎所有人的意料："叔叔，我要去拿燃料，然后回来给飞机加满油！"

林克莱特如果没有那份亲切，那份平和，那份耐心去倾听孩子后面的话，在现场观众笑得东倒西歪的时候，小朋友还有勇气说出后来人世间最善良、最纯真、最澄澈的话语吗？

心灵悟语

倾听是理解，是尊重，是接纳，更是期盼。不要过早地打断别人的话，认真地倾听，这也是一种爱！

嘻哈版 故事会

高山流水遇知音

　　春秋时，楚国有个叫俞伯牙的人，他从小就酷爱音乐，精通音律，琴艺高超。但他总觉得自己还不能出神入化地表现对各种事物的感受。他的老师成连曾知道后，带他乘船到东海的蓬莱岛上，让他欣赏自然的景色，倾听大海的涛声。伯牙只见波浪汹涌，浪花激溅；海鸟翻飞，鸣声入耳；耳边仿佛响起了大自然和谐动听的音乐。领略大自然的壮美神奇，使他从中悟出了音乐的真谛。他情不自禁地取琴弹奏，音随意转，把大自然的美妙融进了琴声，琴声优美动听，犹如高山流水一般。但是无人能听懂他的音乐，他感到十分孤独和寂寞，苦恼无比。

　　有一年，俞伯牙奉晋王之命出使楚国。八月十五那天，他乘船来到了汉阳江口，遇风浪，停泊在一座小山下。晚上，风浪渐渐平息了下来，云开月出，景色十分迷人。望着空中的一轮明月，俞伯牙琴兴大发，拿出随身带来的琴，专心致志地弹了起来。他弹了一曲又一曲，正当他完全沉醉在优美的琴声之中的时候，猛然看到一个人在岸边一动不动地站着。俞伯牙吃了一惊，手下用力，"啪"的一声，琴弦被拨断了一根。俞伯牙正在猜测岸边的人为何而来，就听到那个人大声地对他说："先生，您不要疑心，我是个打柴的，回家晚了，走到这里听到您在弹琴，觉得琴声绝妙，不由得站在这里听了起来。"

　　俞伯牙借着月光仔细一看，那个人身旁放着一担干柴，果然是个打柴的人。俞伯牙心想：一个打柴的樵夫，怎么会听懂我的琴呢？于是他就问："你既然懂得琴声，那就请你说说看，我弹的是一首什么曲子？"那打柴的人笑着回答:"先生,您刚才弹的是孔子赞叹弟子颜回的曲谱,只可惜,您弹到第四句的时候,琴弦断了。"

打柴人回答的一点不错,俞伯牙不禁大喜,忙邀请他上船来细谈。那打柴人看到俞伯牙弹的琴,便说:"这是瑶琴!相传是伏羲氏造的。"接着,他又把这瑶琴的来历说了一些。听了打柴人的讲述,俞伯牙心中不由得暗暗佩服。接着,俞伯牙又为打柴人弹了几曲,请他辨识其中之意。当他弹奏的琴声雄壮高亢的时候,打柴人说:"这琴声,表达了高山的雄伟气势。"当琴声变得清新流畅时,打柴人说:"这段琴声,表达的是无尽的流水。"

俞伯牙听了不禁惊喜万分,自己用琴声表达的心意,过去没人能听得懂,而眼前的这个樵夫,竟然听得如此明白。没想到,在这野岭之下,竟遇到自己久久寻觅不到的知音,于是他问了打柴人的名字,打柴人说他名叫钟子期。俩人越谈越投机,相见恨晚,结拜为兄弟。约定来年的中秋再到这里相会。

和钟子期洒泪而别后第二年中秋,俞伯牙如约来到了汉阳江口,可是他等啊等,怎么也不见钟子期来赴约,于是他便弹起琴来召唤这位知音,可是又过了好久,还是不见人来。第二天,俞伯牙向一位老人打听钟子期的下落,老人告诉他,钟子期已不幸染病去世了。临终前,他留下遗言,要把坟墓修在江边,到八月十五相会时,好听俞伯牙的琴声。

听了老人的话,俞伯牙万分悲痛,他来到钟子期的坟前,凄楚地弹起了古曲《高山流水》。弹罢,他挑断了琴弦,长叹了一声,把心爱的瑶琴在青石上摔了个粉碎。他悲痛地说:"我唯一的知音已不在人世了,这琴还弹给谁听呢?"

心灵悟语

两位"知音"的友谊感动了后人,人们在他们相遇的地方,筑起了一座古琴台。直至今天,人们还在用"知音"来形容朋友之间的情谊。

嘻哈版故事会

可怜的鱼儿

狮王管辖的地方接到了很多人对法官、财主的控告，狮王非常生气，于是他决定亲自去巡视一下自己的领地，查访一下实情。

狮王走着走着，看见一位农夫正在生火，准备煎了刚钓起来的几条鱼。可怜的鱼儿，眼看着自己的末日就要来临了，在热锅上拼命地蹦来蹦去，做最后的垂死挣扎，希望能挣扎出这痛苦的深渊。

"你在干什么？你是什么人？"狮王朝农夫张开血盆大口，怒气冲冲地问。

"原来是威力无边的大王啊，"农夫看到狮王后，慌慌张张地答道，"我是这里管理水族的首领，它们则是村长、里长，全是水族的居民。我们到这来，正是为了恭候大王您的光临。"

狮王听了很高兴，语调也比刚才缓和了很多，继续说："它们生活得怎么样？这里是不是富庶的地方啊？"

"大王！对它们来说，这里不是一般的栖息地，简直就是天堂。为此，我们都在向上帝祈祷：愿狮王您万寿无疆呢！"

这时，鱼儿还在锅里苦苦地挣扎着。狮王看着锅里的鱼，问道："那你告诉我，它们这样摇头摆尾是什么意思？"

"啊？英明的大王！"农夫回答："它们是因为见到了您，太高兴了，高兴得跳起了舞。"

于是，狮王体恤地舔了舔农夫的胸膛，再次看了看跳舞的鱼，继续赶路。

心灵悟语

有些人在体察民情的时候，只听取片面之言，根本就做不到深入百姓，了解民间的疾苦，这样的倾听，还有什么意义呢？

最初拥有的感官

有一个孕妇，快要生了，于是就待在家中待产。某天，她感觉这么待着实在无聊，就打开了收音机，想听听广播。广播的声音立刻从收音机中响起，也就在这时，孕妇感觉自己腹中的胎儿踢了自己一脚。她刚开始并没有在意，因为胎动每天都会发生。

第二天，又是在收音机打开的一刹那，胎儿又踢了她；第三天还是这样。

孕妇生下孩子后，和医院的大夫说了这件事，她觉得肚子里的孩子好像能听到外面的声音。

后来科学家发现，原来胎儿可以通过羊水的波纹倾听外面发生的一切。所以，倾听是人的一生中最初拥有的感官。

心灵悟语

倾听是人最初拥有的感官，可见倾听对于一个人是多么的重要。

加了砒霜的蛋糕

我们倾听的能力的低下，也许大大超出我们想象。有一位家庭主妇，想看看到底多少人能做到用心倾听，于是她举办了一次家庭宴会。宴会上，她请来的朋友们谈得热火朝天，而她则在厨房准备蛋糕，当她将烤好的蛋糕端上桌来的时候，她对那些正谈论得热火朝天的客人们说："蛋糕来了，我在里面加了点砒霜，你们尝尝好不好吃。"

话说完，居然没有一位客人对主人的话做出反应，他们一边吃着蛋糕，一边继续谈论着，还一个劲地夸主人的蛋糕做得很好吃。

心灵悟语

日常生活中，人们很难拥有专注的听力，不够用心是其中的一个重要原因。我们总是一边听，一边做着自己的事情。倾听，作为沟通技巧中最重要的一大因素，似乎又是最容易被人们忽视的因素。

第五章 表达——
掌握技巧，学会说话

随着社会分工的不断发展，人与人的相互合作越来越频繁和复杂，人与人之间的利益联系也变得越来越紧密和多变，这就要求每个人一方面通过情感表达来及时、准确而有效地向他人展示自己的价值关系，以便求得他人有效的合作；另一方面又通过识别他人的情感表达来及时、准确而有效地了解他人的价值关系，以便更好地与他人进行合作。情感表达的主观目的是向他人展示自己的能力、地位和价值需要，以求得他人的帮助，争得他人的合作，取得他人的理解，赢得他人的尊敬。

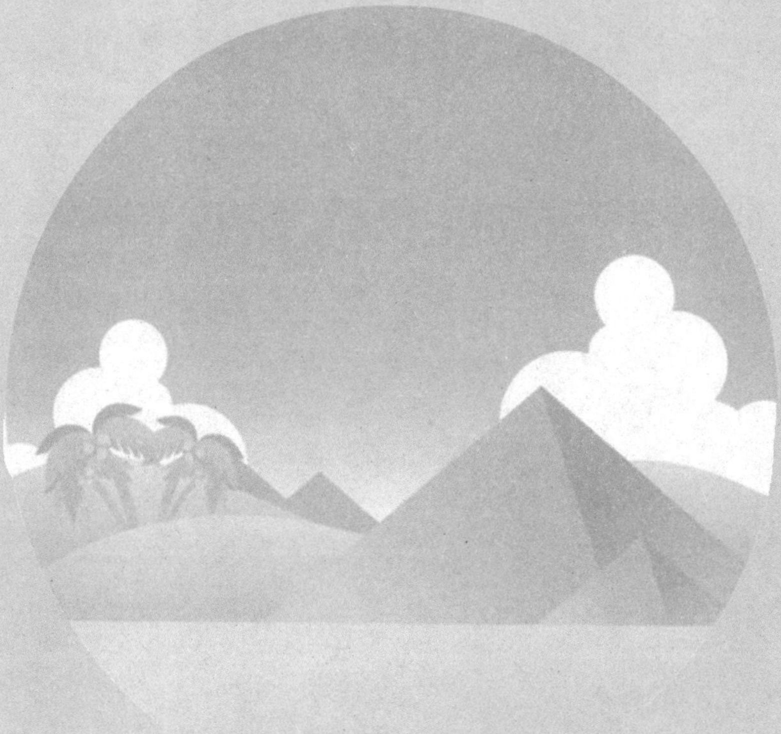

国王解梦

有一位国王，晚上睡觉的时候做了一个梦，他梦到自己的牙齿全都掉光了。醒来后，他感到很害怕，于是他召来解梦的人为他解释一下。这位解梦者为人非常耿直，听完国王描述的梦境后，他愁眉苦脸地对国

《寓言》 拉斐尔（1483～1520年）
同样的一个含义，不同的表达方式会给人不同的感受，所以一定要注意说话做事的方式。

嘻哈版 故事会

王说："陛下，每掉一颗牙齿，就预示着您将会失去一位亲人。"国王听后勃然大怒，大声吼道："你竟敢在这里信口开河胡说八道，赶快给我滚出去！"

虽然听到了这样的解释，但是国王心有不甘，于是下令找来一位智者，让他再解释一下这个梦境。这位智者听说了之前那个解梦人的遭遇，所以在听完国王描述自己的梦境后，一脸喜气地对国王说："高贵的陛下，您真有福气！这梦意味着您会比您所有的亲人都长寿。"国王听后非常高兴，立即奖赏了这位智者100个金币。

在送这位智者回家的时候，宫殿里的侍卫很不理解这个解释，就好奇地问智者："您对国王梦的解释其实和那位解梦者的释义在本质上是一样的，为什么他会被赶出宫殿，而您却得到了奖赏呢？"

智者给侍卫讲了一个简短的寓言故事："从前有一位年轻貌美的姑娘，她一丝不挂、满身污垢地去见国王，国王看到她后就将她赶了出去；后来，这位姑娘把自己洗得干干净净的，又穿上了漂亮的衣服，把自己打扮得如出水芙蓉，又去见了国王。国王看见她后很是喜爱，就让她留在了宫殿中，留在了自己的身边。这位姑娘的名字就叫'真理'。"智者接着说："任何时候都要坚持讲真话，但是人们听了赤裸裸的真理往往会觉得刺耳，所以，真理也需要装饰一下。"

心灵悟语

会说话、会办事、会做人，什么都要讲究方法，有时，对的事情如果不能恰到好处地表达，也不一定能让人轻易接受。

可怜的流浪狗

有一只狗被主人狠心地抛弃了，沦落为流浪狗。在大街上，它饱受了各种打骂、侮辱、饥饿、折磨，经历了这些以后，它的脾气变得很坏。

有一天，它来到一间四面都镶着镜子的大房子里。一直孤苦伶仃的流浪狗，看到同时出现了这么多条狗，一下子慌了起来。它瞪着眼睛看着镜子里那些又脏又丑的家伙，心里琢磨着一会怎么对付它们的方法。

四面都看了看，这条狗发现了一个问题，于是恶狠狠地瞪着离自己最近的那只狗，开口问道："你们长得怎么这么像，一定是一家人吧？"

没想到，那只狗同样用恶狠狠的眼神盯着它，而且嘴巴也一张一张地，好像是在责问它，只是听不到声音。

流浪狗一下子便火了，它龇着牙、咧着嘴，接着说："你们不要认为你们几个一起上就可以打败我，我可是久经沙场的老手了！"

但是，镜子里的狗们看起来也都非常生气，因为它们都咧开大嘴，露出了一排尖牙。

盛怒之下，流浪狗开始猛烈地撞击正对面的镜子里的那只狗，只听"哗啦"一声，镜子就被它撞碎了。碎玻璃把流浪狗的头划伤了，鲜血直流。它甩了甩头上的血，很得意地笑了，不过它很快就发现已经破碎的镜子上，居然每一片里都出现了一只头上鲜血淋漓的狗。

流浪狗吓坏了，它不明白为什么狗的数量一下子又多了这么多，它"嗷"地大叫了一声，不知所措地绕在房间里跑了起来。它跑啊跑，

嘻哈版 故事会

不敢停下来,因为它看见其他的狗也在不停地跑,好像在追它,不知过了多久,这条流浪狗终于体力不支,流血过多,倒地身亡了。

心灵悟语

身处恶劣的环境中时,如果你能先表达自己的善意,也许情形就会有所改善。

被动过的日记

有一个男孩，他从小就养成了记日记的习惯，他很喜欢把自己的想法写在日记里。由于他很喜欢写日记，因此他并不喜欢和自己的母亲交流，母亲很想知道儿子的想法，于是就偷偷地去看了儿子的日记。

后来，儿子发现自己的日记有被人翻动的痕迹，于是，他怀疑是妈妈偷看了他的日记，但是他一直没有证据。

一天，他想到了一个办法，于是他伏在桌上写了一篇日记，内容是这样的：妈妈，您头上的白头发比以前多了，这是为我累的吗？妈妈，您一定要保重自己的身体啊！为了表达我对您的爱，我找到了一根您的白发，我要把它珍藏在这个日记本里。"

当天晚上，妈妈趁儿子睡熟了，又去翻看儿子的日记，当她看到这一段字时，感动得流下了眼泪。看完后，她发现本子里并没有白头发，以为是自己翻看的时候弄丢了，就从头上拔了一根白发，夹在了儿子的日记本里。

第二天一早，儿子拿出了日记本，发现了那根白头发，就找到妈妈对她说："妈妈，昨天您又翻看我的日记了！是不是？"

"怎么会呢，我没有动你的日记啊？"妈妈面带委屈的表情说。

"怎么样，你露馅了吧。那根白发是您放的，因为我根本就没放白头发进去。"儿子笑着，接着对母亲说："我是爱您的，您的劳累我也都看在心里，只是我不善于表达，您昨晚看的日记，确实是我发自内

嘻哈版 故事会

心对您的表达，我希望您也能够尊重我的隐私，可以吗？我保证，今后我会多多和您沟通，我也需要我的空间，可以吗？"

　　妈妈听后，高兴地点了点头，从那以后，儿子与她的沟通更多了，而且她再也没有翻看儿子的日记。

心灵悟语

　　表达爱的方式有很多种，当你不了解一个人的时候，就有可能想要通过窥探对方隐私的方式去了解，其实，这种方式表达的并不是爱，是不尊重。

情商故事

面 试

有一位公司老总相当精明，而且非常会看人。据说，凡是经他招聘来的员工，都是德才兼备、非常优秀的人才。由于有了这些优秀的员工，他公司的业绩一直蒸蒸日上。无论是公司下属企业的规模，还是公司的全部资产，都在不断地增长。对于这些成绩，这位老总的一个朋友非常惊讶，于是就向他讨教，问他是怎么发现这些人才的。老总笑了笑，带他去参加了一个正在举行的招聘会。

他们刚到不久，就有两位名牌大学的优秀毕业生走了过来。简略地看过他们的简历之后，老总先向其中一位大学生提问，你觉得现在大学生的就业形势如何。

"现在大学生的就业压力实在是太大了。市场竞争越来越激烈，情况简直是糟糕透了，国家应该想办法尽快协调一下才对。"这位大学生说。

老总听完后，把头转向了另外一个，说："你认为呢？"。

"其实也没什么，物竞天择，适者生存，这个世界永远都遵循着这个道理。现在社会的就业压力的确很大，但这正是我们不断前进的动力所在。而且，随着行业的不断分工和细化，创业的机会也越来越多了，关键就看自己怎么样去抓住机会吧。"

"很好，年轻人，你被录用了，准备上班吧。"老总微笑着对第二个回答问题的年轻人说。

嘻哈版故事会

"啊,就这么简单?"坐在老总旁边的朋友禁不住问了起来,"这也太轻率了点吧?"

"不,有些东西就是这么简单。要知道,一个人的语言就是他心灵的镜子,了解了他的语言风格,也就知道他是否是你所需要的人才了。"老总耐心地给朋友解释道。

心灵悟语

语言是一面镜子,不但可以反映出一个人的真实心态,还可以折射出他面对问题的思维方式。

掉在地上的五十元

一个马戏团来到一座城市演出，城里的人们听说后，都带着孩子来观看。

售票处，有六个小男孩穿戴得干干净净，手牵着手待在排队买票的父母身后，等候着买票。他们兴高采烈地谈论着即将上演的节目，好像在舞台上演出的就是自己一样。想到自己能近距离地接触各种马戏团的动物，他们更加兴奋了。终于，排到他们了，售票员问他们要多少张票，父亲低声道："请给我六张小孩和两张成人的票"。售票员报出了价格，听到后，母亲的身体颤了一下，她扭过头把脸垂得很低。见他们并没有反应，售票员以为他们没有听到，就重复了一遍价格。这时，父亲的眼里透着痛楚，他实在不忍心告诉他身旁兴致勃勃的孩子们，"我们的钱不够"。

另一位排队买票的男子看到了眼前发生的这一切，他悄悄地把手伸进自己的口袋，将一张50元的钞票拉出来扔在了地上，然后拍拍那位父亲的肩膀，指着地上说："先生，您的钱掉了。"父亲回过头，看看地上，又看着面带微笑的男子，明白了原委，眼眶一热，弯腰捡起地上的钞票，然后紧紧地握住了这位男士的手。

心灵悟语

一个发自内心的小小的善行，也会铸就大爱的人生舞台。当然，帮助也要讲究如何去表达，不要让对方感到尴尬。

劝架的艺术

在一条车水马龙的大马路边上,围了一大群人。原来是一对年轻的夫妻正在大街上吵架。男的大概有三十来岁,戴着一副眼镜,看样子像是一位高校的教师;而女的则面容憔悴,哭得十分伤心,吵着要撞汽车寻死。那男的大声责骂着自己的妻子道:"你个没知识、没文化的乡巴佬,跑到大马路上来当众出丑……真给我丢脸"。他粗话连串,越骂越凶;妻子则越哭声音越大,旁人都在一旁劝,但是男子丝毫没有要停下来的意思。

这时,有位老人走进了人群,镇定自若地上前拍了拍那位男士的肩膀,说:"看你戴了副眼镜,像个教授。你有知识,就不要闷在肚子里,要拿出来用!"老人把"用"字字音拖得很长,讲得也很响亮,那男的听老人这么一说,不由得一愣,不再骂自己的妻子了,开始定神听老人说话。

老人停顿了一下,接着说:"你应该用你的知识来说服你的妻子!如果你只会跺脚,只会骂,不也变得跟你的妻子一样,没知识、没文化了吗?还不如找个地方,双方都冷静下来,你也好好劝劝她吧!"

那男的听完这一番话,顿时没了脾气,刚才粗野的劲头也都消失了。老人劝完男人,又去劝那女人:"有话好好说!找朋友,找亲戚,都可以诉说!心里有什么委屈都说出来才是最好的办法,闷头哭没有用的!另外汽车能去撞吗?不能,大卡车就像是个大力士,你看你瘦瘦的一个

人，我看你根本撞不动啊！"众人不禁哄然大笑起来。那女的听大家一笑，也觉得不好意思了，也不哭了。

　　这番话确实立见功效，那对夫妻平息了战争，慢慢地走回家了。

心灵悟语

　　劝说别人，应该从对方最在意的角度入手，当他开始在意这个角度的问题时，劝说的目的就达到了。

三头牛的内讧

草原上有三头牛，他们三个是好朋友，经常在一起吃草玩耍。

有一天，他们正在吃草时，一头狮子悄悄地凑上前来，想吃掉他们。可是三头牛马上背对着背摆出了阵势，把尖尖的牛角对着狮子，狮子试着进攻了几次，每次都被牛角顶伤。看到不了手，狮子只好走了。

过后的几天，狮子偷偷跟着这三头牛，见他们总在一块儿，下不了手，就想了一个办法：他们总在一块儿，我肯定吃不到他们，只有把他们分开，一头一头地对付，我准能得手，吃到新鲜美味的牛肉。

于是，狮子悄悄走到了毛色是红色的牛旁边，小声地说："喂，红牛，你们可真厉害，我不再想吃你们了，咱们交个朋友吧！"红牛戒备地看着狮子，狮子继续说道："你能不能告诉我，你们三头牛究竟谁的本领最强，谁是你们之中最强壮的呢？"

红牛听狮子这么问，便回答说："我们三个一样强壮。"

"是吗？可是黑牛告诉我他才是最强壮的，每次你们俩都要他保护。"红牛听后气得不行。

狮子又偷偷溜到黑牛面前，说："刚才红牛说，他是你们三个中最强壮的，每次都要靠他来保护你们。"黑牛气得大叫道："胡说，我才是最强壮的！"

狮子又跑去对棕牛说："黑牛和红牛都说你是三头牛中最弱的，要不是他们保护你，你早就被我吃了。"

情商故事

于是，三头牛经狮子这么一挑拨，便吵起架来，最后他们决定，来打一架，看看究竟谁最厉害。三头牛打了起来，谁也不服输，谁也不退让，最后三头牛都累得趴在地上站不起来了。狮子趁这时跑了上去，轻而易举地咬死了他们，美美地吃了三天牛肉大餐。

心灵悟语

语言就是一种艺术，在一定的语境下，它会成为一把锋利的武器，一不小心就会伤害到你，所以，学会认清语言也很关键。

水上漂

有一位博士，毕业后分到一家研究所工作，成为这个研究所中学历最高的人。

有一天，他完成了自己的工作后，到单位后面的小池塘去钓鱼，正好，研究所的正副所长也来钓鱼，他们在他的一左一右，分别坐下，他只是微微点了点头，就不再和他们聊天。他高傲地认为，这两位都是本科毕业，聊起来估计也没有什么话题。

不一会儿，所长放下钓竿，伸伸懒腰，蹭蹭蹭从水面上如飞一般地走到对面，去对面的厕所方便。

博士眼睛瞪得都快掉下来了。水上飘？不会吧？这可是一个池塘啊。

所长上完厕所，回来的时候，同样也是蹭蹭蹭地从水上飘了回来。

怎么回事？博士生高傲得很，放不下自尊去询问，因为自己是博士生哪！

过了一阵，副所长也想上厕所，他也站了起来，蹭蹭蹭地飘过水面上厕所去了。这下子博士差点昏倒：不会吧，难到这里是一个江湖高手集中的地方？

博士生也内急了。池塘的两边有围墙，要到对面如厕要绕十分钟的路，而回单位上厕所又太远了，怎么办？

博士生不愿意去问两位所长，憋了半天后，他想，他们能快速地

情商故事

跑过去，我比他们学历高得多，肯定也能跑过去，于是他起身跨向水中，只听"咚"的一声，博士生栽到了水里。

两位所长将他拉了上来，问他为什么要下水，他说他想上厕所，又问："为什么你们可以从水面上走过去，我却不行呢？"

两所长相视一笑，回答："这池塘里有两排木桩子，这两天下雨，池塘的水涨了，木桩子就在水下了。我们经常来这里钓鱼，都知道这木桩的位置，所以可以踩着桩子过去。你怎么不问我们一声呢？"

心灵悟语

其实只要一句交流的话语就可以避免这次落水事件，有时把自己看得过高，就会失去交流的机会。

嘻哈版故事会

真假谎言

　　美国前总统吉米·卡特当年在竞选总统的演讲台上，曾经这样宣称："我是一个诚实的人，从来不曾撒谎，而且我一直认为，一个常常对别人撒谎的人，是不值得美国人民信任的，更不配做美国的总统。"

　　就他说过的这句话，一位记者曾专门采访过他的母亲。采访一开始，他便简单复述了吉米的演讲辞，然后，他问莉莲·卡特："您能不能诚实地告诉我，您的儿子是否曾经对谁撒过谎？我想在这个世界上，恐怕没有其他人比您更了解您的儿子了。"

　　"可能也撒过一些假的谎吧。"莉莲·卡特想了一下才说。

　　"假的谎言？"记者不解，"那么您能不能告诉我，什么样的谎言才叫真的，什么样的谎言才叫假呢？"记者又问道。

　　"无恶意的谎言即为假，恶意的谎言即为真。"莉莲·卡

《抽烟斗的人》　库尔贝（1819～1877年）
善意的谎言没有必要去揭穿，否则就是对善良人的伤害。

特坚定地回答道。

"那无恶意的谎言和其他的谎言又有什么区别呢？您能不能给'无恶意的谎言'下个定义呢？"这位记者好像有意刁难这位老太太。

"我不知道能不能下这个定义，"卡特母亲装作犹豫地说道，"但我可以给你举个例子，我想通过这个例子，你就明白其中的意思了。你记得几分钟之前吗？当你走进来时，我对你说：'啊，记者先生，你看起来真是意气风发、仪表堂堂，我非常高兴见到你。'记得吗？这就是无恶意的谎言。"

……这位"仪表堂堂"的记者当时就无语了。

心灵悟语

善意的谎言是我们生活中所不可或缺的一种美，留住这种美的唯一方法，就是不要去揭穿它，因为那不但毫无意义，还可能变成一种尴尬或伤害。

说者无意听者有心

有户人家，家中办喜事，请了很多宾客，在酒店里摆了几十桌酒菜，可是已经过了当时约定的时间，还有一大半的客人没有来。

主人心里很着急，想都不想便脱口而出道："怎么搞的，该来的客人怎么还不来呢？"一些敏感的客人听到了主人说的这句话，心想："该

《春》 波提切利（约 1445～1510 年）

语言的作用非常大，一句动听的话能让冬天像春天般温暖，而说错话也会令人心寒，所以我们说话时一定要注意分寸和技巧。

情商故事

来的没来,那我们这些来的肯定是不该来的喽?"想过之后,觉得再呆下去的话,就会被主人骂了,于是他们便起身,悄悄地走了。

过了一会儿,主人一看客人还是没有到齐,而原有的客人又走掉了好几位,心里越发着急了,便说:"奇怪了,怎么这些不该走的客人反倒走了呢?"剩下的客人听主人这么一说,又想:"走了的是不该走的,那我们这些没走的倒是该走的了!"于是,他们都起身,一个接一个地离开了酒店。

最后,酒店里只剩下一位跟主人关系很好的朋友,看到这种尴尬的局面,他上前劝主人说:"你说话前应该先考虑一下,否则错话说出来容易,收回去就难了。"主人大叫冤枉,急忙解释说:"我并没有叫他们走啊!"朋友听了大为恼火,说:"不是叫他们走,那就是叫我走了。"说完,便头也不回地离开了。

主人到最后也不知道自己的话到底错在哪里了。

心灵悟语

讲话是一门艺术,更是一门技巧,如果你掌握不好,人们就很可能因为你无意伤害的话而离开你,即便是最亲密的朋友。

先说"是"还是先说"不"

有个人去探望朋友，由于路途遥远，一路上都没有找到厕所，所以他赶到朋友家的时候，非常尿急。朋友看到他来了，高兴地迎接了出来，想请他进家里赶快去喝口水，解解一路上的饥渴。这一提水不要紧，他更憋不住了，看见门口黑暗处有一口缸，便焦急地问他的朋友："这是尿缸吗？"

主人看出了朋友的着急，想告诉他"是水缸"，但由于主人太激动，竟然口吃起来，"是……是……"说了半天没有下文。当他将"是水缸"这三个字说完，朋友早将尿撒完了。

心灵悟语

这个人吃亏就吃亏在说话的技巧上。如果他一开始打算说"不"，就算他激动得口吃，也会阻止朋友将尿撒进水缸里。

情商故事

会说话的师傅

理发师傅带了个徒弟。徒弟学艺三个月后正式上岗。

他给第一位顾客理完发,顾客照照镜子说:"头发留得太长了。"徒弟不语。师傅在一旁笑着解释:"头发长,使您显得含蓄,这叫藏而不露,很符合您的身份。"顾客听罢,高兴而去。

徒弟看第一位剪的太长了,接待第二位顾客时,就稍微做了调整,给第二位顾客理完发,顾客照照镜子说:"头发剪得太短。"徒弟无语。师傅笑着解释:"头发短,使您显得精神、朴实、厚道,让人感到亲切。"顾客听了,欣喜而去。

徒弟精心给第三位顾客理完,他吸取了前面两位的教训,剪得长度很合适,顾客一边交钱一边笑道:"花时间挺长的。"徒弟无言。师

心灵悟语

有句话叫"会说话,当钱花",还有句话叫"会干的不如会说的",都是强调会说话的重要性。现如今,不仅要会干,也要会说。每天,我们都要与各色各样的人打交道,学习一些说话的技巧,可以化解矛盾,赢得友谊。

嘻哈版故事会

　　傅笑着解释："为首脑多花点时间很有必要，您没听说：进门苍头秀士，出门白面书生？"顾客听罢，大笑而去。

　　徒弟给第四位顾客理完发，顾客一边付款一边笑着说："动作挺利索，20分钟就解决问题。"徒弟不知所措，沉默不语。师傅笑着答："如今，时间就是金钱，为您赢得了时间和金钱，您何乐而不为？"顾客听了，欢笑告辞。

第六章 博爱、宽容——
学会付出，理解宽容

　　博爱是要人与人之间有一种互相关心、互相帮助，那么最基本的条件是"人人平等"、"有一颗热忱的心"。但是，博爱的"爱"是有程度限制的，因为这种爱由于范围的广泛，所以只能是一种"泛泛的爱"。最简单的对博爱的定义就是"对其他人有一种热忱的心，去帮助所有需要关心的人"。博爱，既是无私的，又是广大的；既能把这种爱给予亲人，给予朋友，也能把这爱给予不认识的人；甚至是在平时反目的敌人遇难的时候也能对其伸出援助之手！

好心的水鬼

在一条河里，一直住着一个水鬼，他在河里等了几百年，终于等到了他转世为人的时间，这期间，只要他找一个替身就可以转世了。

来河边寻短见的人总是有，他只要迷惑他们跳下来，就可以转世，可是每每看到悲苦交加、心灰意冷、到河边来寻短见的人的时候，他不但不设法去迷惑他们，反倒感觉于心不忍，于是就劝慰寻短见的人不要轻生。

就这样，他放弃了一次又一次重新做人的机会，一晃，几百年又过去了，他还是一个受苦的水鬼。

负责阴阳转换的天神看到这样的情况气得不行。于是他下凡到河水中，找到了水鬼，冲他大骂起来："你的心肠也太软了，像你这种人，怎么配做水鬼啊！"

天神的话刚说完，水鬼就因为天神的话烟消云散，原来他变成了河神。

心灵悟语

只要付出爱，就会有回报，善良的人永远都会得到好报。

麻烦的订单

春节前，小许的生意非常火爆。有一天，有个外国人在网上联系他，说是对他的产品很感兴趣，并把他们所需产品的图片发了过来，希望能制作样品。小许曾经和外国的买家打过交道，那一次让他很头疼，所以这次他先入为主，抱着能不合作就不想创造合作机会的心理，有一搭没一搭的。

联系上小许之后，这位买家天天在网上催他，要报价要样品，小许的报价这位外国人接受了，并把在心浮气躁无心干活的情况下加工出来的样品发给了这位英国客户。

收到样品后，这位商人觉得和他想象得有些差距，他问小许，木头上可不可以不带结疤，小许回答："不可能啊！每棵树都是会长结疤的，我们用的都是天然的材料。只能做到尽可能减少结疤，或者把结疤放在不显眼的位置，但是如果那样，价格会高很多的。"

商人又咨询道："如果增加一些表面装饰的工艺，譬如喷漆，价格可以维持现状吗？"小许回答："油漆肯定是要增加成本的，所以价格肯定会有上浮。"

几天后，按照他的要求，小许将修改后的样品给他们发了过去，这次的样品基本得到了他们的认可。可是后来，无数次的反反复复，不断修改要求，小许每天在网上被他们催得焦头烂额，不想上网的心都有了。小许工厂这边更是觉得烦，直接就不想做了。用他们的话讲，就是不想伺候这主儿了。

情商故事

可是，已经做到这份儿上，如果不继续下去，就前功尽弃了，小许继续坚持着，到了来年的4月初，终于确定了样品，可以签合同了。合同发过来后，小许一看，数量比最初承诺的减了不少，而且时间要求的还相当严格！考虑到现在是工厂生产的旺季，没有可能在很短的时间里抽出人手来生产他需要的那种质量的产品，所以小许决定，用好一些的材料来做，这样会相对省时省力，但是自己的成本就会相对提高，但是为了把这件事完成，小许决定就这么做了，虽然自己赚的少了点，但这个活总算是完成了。于是他就在网上联系买家，并告诉他们准备用好料做，没想到这次商人觉得自己占了便宜，立刻增加了数量。

小许的头又开始疼了，数量增加成本就会相对增加，本来就赚不了多少钱，增加数量弄不好会让他赔掉这个生意。

小许当时特别想发飙，但是他忍了下来，慢条斯理地对这位商人说："您也知道，因为您这次定的数量不多，要的又特别急，为了能在合同的时间内赶出商品，我们才决定用好料来做这个订单，再增加数量的话呢，成本就超出太多了，我先和工厂协商一下，看能不能帮忙做？假如能做的话，以后的订单我们可不能按照现在的价格执行了，好吗？"

一会儿，商人发来了邮件，他很欣赏小许处理问题的方式，还主动提出由他们来付运费，说是为了表示感谢。第二天，他们承诺的预付款就到账了。

小许非常开心，因为这次合作之后，他了解到买家不是个无事生非的人，而是个要求非常严格的人，而且信守承诺。从此之后，他们之间的生意逐渐扩大，这位商人也给小许介绍了很多买卖，他们成了很好的朋友。

心灵悟语

宽容是一种坚强，而不是软弱。宽容要以退为进、积极地防御。宽容所体现出来的退让是有目的有计划的，主动权掌握在自己的手中。

·177·

嘻哈版故事会

盲人开灯

有一栋楼里住着一位盲人。每天晚上吃完饭,他都会到楼下的花园里去散散步。奇怪的是,不论是上楼还是下楼,虽然他只能顺着墙摸索着走,却一定要按亮楼道里的灯。

有一天一位邻居忍不住好奇,便问他:"你的眼睛看不见,为什么还要按亮楼道里的灯呢?"。盲人回答:"因为开灯能给上下楼的其他人带来方便,也会给我带来方便。"

邻居听了更加疑惑了,继续问道:"开灯能给其他人带来方便,这点我很明白,但是开灯能给你带来什么方便呢?"。盲人答道:"开灯后,上下楼的人都会看到我,就不会把我撞倒了,这不就给我带来方便了吗。"邻居恍然大悟。

心灵悟语

"与人玫瑰,手有余香",意思是一件很平凡微小的事情,哪怕如同赠人一支玫瑰般微不足道,但它带来的温馨都会在赠花人和受花人的心底慢慢升腾、弥漫、覆盖。

情商故事

第六只耳环

在经济大萧条时期的美国，佩妮女士失业了，经过介绍，她好不容易找到了一份工作，是在一家珠宝店从事售货员的工作。

在新年的前一天，店里来了一位40岁上下的男顾客，他穿着整齐，干净利落，看上去很有修养，但从他的表情上，佩妮看到了失业时的自己，很明显，他也是一个刚刚遭受失业打击的人。

正值中午，其他的店员都去用餐了，只有佩妮一个人值班。

佩妮友好地向他打了招呼，男子却不自然地笑了一下，佩妮感觉他的目光有些恍惚，并且有慌忙躲闪佩妮目光的感觉，仿佛在说：你不用管我，我只是来随便看看而已。

这时，店内的电话铃突然响了。佩妮朝这位顾客微

《向日葵》 梵高（1853～1890年）
宽容让我们的世界如此美丽，就像盛开的向日葵，带给人无限的温暖。

笑示意了一下"请便"，便去接电话了，但是她一不小心，将展示柜上的货架碰翻了，货架上摆放了3对店内的招牌商品——著名设计师设计的精美绝伦的耳环。耳环全部掉在了地上。佩妮顾不上接电话了，慌忙去捡。可在她捡回了5枚之后，却怎么也找不到另外一枚了。她抬起头，正巧看到店里那位男子正向门口走去，她顿时只有一个想法，感觉那第6枚耳环是被这个顾客捡走了。

当这位男顾客正要推门出去的时候，佩妮温柔地叫了一声："先生，麻烦您等一下。"

男子转过身来，两个人相视无言，佩妮的心情很忐忑，心狂跳不止，她心想，要是他不承认怎么办，要是他对我动粗怎么办……

男子奇怪店员叫住他却不说话，"什么事？"他终于开口问道。

佩妮努力地控制住自己，让自己表现得极为冷静，她又一次鼓足勇气，说道："先生，我之前也失业了，这份工作是我托朋友好不容易才找到的，这个月是我第一个月上班，想必您应该理解，现在找份工作多不容易，您能不能——能不能——"

男子默默的看着她，表情很复杂，过了一会儿，他的脸上渐渐地露出一丝笑意。没有了之前的那些担心，佩妮的心也终于平静下来了，她也微笑着看他，两人仿佛在用微笑相互交流着什么。

"没错，确实如此。"男子的脸上露出一丝苦笑和惭愧，"但是有一点我能肯定地告诉你，你不会失去这份工作，而且会干得很出色的。"

他的脚步微微顿了一下，然后坚定地向她走去，伸出右手："很高兴认识你，我会为你祝福的。"

礼貌的握完手后，他转身走向店门，离开了这间珠宝店。

情商故事

　　佩妮目送着他离开了店，转身走回展示台，把手中的第6枚耳环放回原处。她的心里很不是滋味，眼睛也有些潮湿，她心想：让这些日子快点过去吧！让大家的生活都好起来吧！

　　理解、宽容，将心比心，聪明并且善良的佩妮没有因胆怯不知所措，也没有大吵大闹，更没有惊慌失措地报警，她找到了解决问题的最佳方法，让这件事的结局这么完美。

心灵悟语

　　宽容是设身处地地为他人着想，站在他人的角度看问题，这样能让自己更客观，更冷静。能以宽容之心待人，我们的生活会更加美妙，变得更和睦融洽。

嘻哈版故事会

船和锚的故事

船与锚不能分离，就像我们和朋友不能分开一样，不要等失去朋友时才了解朋友的可贵。

船和锚是好朋友，它们一直在一起，从来没有分开过。

在一个晴朗的日子，船和锚像往常一样，一同出海了。天气真的不错，暖暖的阳光，蓝蓝的海面，不时还有鱼儿跃出水面。锚在船上舒服地晒着太阳，慢慢地就睡着了，它正做着美梦的时候，被船的尖叫声惊醒，船之所以尖叫，是因为锚做梦的时候梦游，抓伤了它。船当时火冒三丈，狠心地解开了锚与船连接的地方，无情地把锚扔了出去，锚在空中翻滚了几下，"扑通"一声掉进海里。由于没有了那根拽住它的铁链，锚永远地沉到了海底。

就在这时，海上掀起了大浪，船没有锚帮它稳住身体，被无情的旋涡吞噬了。

心灵悟语

朋友是我们最珍贵的财富。真正的好朋友不会计较对方的过错，会用一颗宽容的心接纳对方无意中的伤害。

寻找满足

神仙下凡经过一片树林的时候，发现林边的小路旁，有一位男子坐在一堆金子上，正伸着双手向路人乞讨。

神仙感到很奇怪，便走过来问他："你已经有这么多金子了，为何还要向路人乞讨呢？"

男子回答说："我虽然很有钱，但我一点也不幸福，因为我并不对现在的状况感到满足，我还想要爱情。"

神仙想了想，便把爱情送给了他，这个男子得到爱情后，欢喜地回家了。

一个月后，神仙路经此地，又发现这位男子，他还是坐在金子上，伸着双手向路人乞讨。他告诉神仙，自己依然感觉不到满足，所以还是不幸福，他还想要荣誉和成功。

神仙二话没说，把这两样东西也给了他。

又过了一个月，神仙发现他竟然还坐在金子上乞讨着，而且表情异常痛苦："我依然感觉不满足，这真是太让我难受了，请您快把满足赐给我吧！有了它，我就幸福了。"

神仙笑道："那么，就请你把脚下的金子分给路人吧！"

男子虽然一愣，但还是按照神仙的吩咐，把金子分给了过路的人。当一个衣衫褴褛的乞丐接过他的金子时，感激地流下了眼泪，说："我们全家已经三天没有吃上饭了，能够遇上您这样的好心人我真是太幸运

了,我代我全家人谢谢你了。"

看着乞丐满脸感动的样子,男子忽然觉得自己是那么富有,那么有力量,似乎能够拯救天下所有不幸的百姓苍生,所以他分发金子的速度也越来越快,脸上的笑容也越来越多。

当那堆金子发完后,站在旁边的神仙问他:"现在,你感觉到满足了吗?"

男子兴奋地挥舞着双手说道:"我感觉到了,我真的感觉到了!我太幸福了!"

心灵悟语

人的欲望是无穷的,如果一味索取,我们将永远感觉不到被满足的幸福;而付出,却能让我们感受到自己的富有,从而获得无穷的满足感。

情商故事

一毛不拔

有一只住在山林里的猴子，它非常羡慕人类，觉得人很快乐。当果实熟了的时候，他们可以一担一担挑回家，储藏起来，想吃的时候就能吃到；不像猴子，一年到头四处寻觅食物，找一个吃一个，饥一餐饱一餐的。冬天刮风下雪，人可以呆在自己的家中，一家人其乐融融地在一起，家里还有足够的过冬的粮食；不像猴子，一到冬天，只能冷冰冰地蜷缩在石洞里，又冷又饿。这只猴子想，来世我一定不做猴子了。

后来，这只猴子死了，它来到阴间拜见阎王。阎王问猴子说："你还想继续做猴子吗？"猴子连忙说："不想，不想，我不想再做猴子了，请大王把我变成人吧！"阎王

《缚猴窃果图》 易元吉（宋 生卒年不详）
　　故事里的猴子因为不愿意付出，永远无法做人。其实我们做人又何尝不是这样呢，没有付出就不会有所得。

·185·

嘻哈版故事会

说："可以。不过想变成人得有个条件，那就是必须将你身上的毛全部拔掉。"猴子点头答应了。说完，阎王便命夜叉将猴子带到掌管超度变人的地府去。

猴子到了地府，接受地府鬼的"超度"。地府鬼让猴子趴下，准备给它拔毛。可是刚拔了一根毛，猴子便大叫起来："哎哟，疼死我了，受不了，受不了！"地府鬼叫它忍耐一下，但猴子哭丧着脸说："这么痛苦，实在是不能忍受啊！"于是，地府鬼只好把猴子又送回到阎王那里，于是这辈子它又做了猴子。

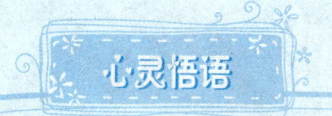

心灵悟语

猴子活着的时候只看到了人的快乐，却不知道快乐是需要付出辛勤劳动后才会获得的。像猴子这样"一毛不拔"的家伙，怎么能做人呢？

情商故事

摔碎的眼镜

一天，一位店里的师傅接到电话需要上门服务，他收拾好东西，正要开门出去的时候，店里突然闯进一位彪形大汉，因为毫无准备，这位师傅狠狠地被这位大汉撞在了身上，不但眼镜撞碎了，镜框还戳青了他的眼眶。抬头看去，那位撞人的大汉却没有丝毫歉意，理直气壮地指着师傅的眼镜说："谁叫你戴眼镜的？"

这位师傅没有动怒，只是笑了笑没有说话。

大汉突然感觉很奇怪，很惊讶地问道："喂！老头，你怎么不生气呢？"

"为什么一定要生气呢？生气能使破碎的眼镜复原吗？生气能让脸上的淤青瞬间消失吗？生气能让我的疼痛感缓解吗？——不能！再说，生气只会扩大事端，我若生气，对你破口大骂或动起手来，不就造成更多的事端吗？而对这件事的解决有什么好处呢？"

"其实，我要是收拾的麻利一些，早一分钟出门，或者我再慢一些，迟一分钟出门，这次相撞都会避免的，或许因为这一撞耽误的时间，我出门后会避免一次灾祸的发生，要是这样我还要感谢你呢！"

大汉听后十分感动，和这位师傅又聊了一会儿，若有所悟地离开了。这位师傅在这件事情过了很久之后，突然收到一封信，里面还有五千元钱，一看寄件人，正是当初那位撞到他的大汉。

原来这位大汉年轻时不知勤奋努力，高不成低不就，十分苦恼，

嘻哈版 故事会

结婚后经常因为自己事业的不顺心虐待妻子。有一天，他上班走的时候忘了带手机，走到半路上突然想起来，又返回家中去取，回家后却意外发现妻子与一名男子在家中谈笑，他当时什么也顾不上考虑了，气急败坏地冲进厨房，拿了把菜刀，想先杀了他们，然后再自杀。

就在他冲回客厅的时候，那男子在惊慌失措时碰掉了脸上的眼镜，刹那间，他撞到师傅的情景浮现在眼前，同时，他也想起了师傅的教诲，使自己冷静了下来，避免了一场大祸。

现在，他的生活很幸福，工作也更顺利了，还获得了提升。所以，他特意寄给这位师傅五千元钱，感谢师父的恩情。

这位师傅的宽容教育了这位大汉，让这位大汉觉悟。师傅教会大汉用一颗宽容的心去对待别人。

心灵悟语

宽容是对生命的洞见。你的一份宽容挽救的也许就是一个生命。

课桌里的玩具

一天，四年级二班发生了这样一件事：课间，王强同学的桌旁围着好几名同学。有个女同学挤不进去，气急败坏之下，在马上要上课的时候，忽然喊了一声："老师，王强带玩具来上学了。"顿时，教室内鸦雀无声。几名围着王强课桌的学生也迅速地回到自己的座位上。王强吓坏了，把双手伸进课桌，下意识地保护着书箱里的"宝贝"。同学们的目光刚开始都集中在王强的身上，后来又移到了老师的身上。老师停顿了一会儿，严肃地来到王强的桌前，把手一伸说："拿出来！"

王强后悔极了，用乞求的目光看着老师，像是在说：求您原谅我吧。但是老师却表现出很生气的样子，根本没理会他的祈求，仍然严厉地说："快拿出来！"眼泪在王强的眼圈里打转，他不情愿地、慢慢地将玩具拿了出来。老师欣赏着他的玩具，这个玩具的确很漂亮，是一个精致的变形金刚，便顺手接了过来，仔细地查看着。王强觉得老师真的要把自己的玩具没收了，眼泪终于忍不住流了下来，哭着说："老师，求您还给我吧，我以后再也不会带玩具来学校了，我这次只是拿来给同学看的。"

这时，刚才围着看的几个同学也都开始帮着王强求情："老师，您就原谅他这一次吧。"就在大家都以为王强没有希望拿回玩具的时候，老师却说了一句："只能午休时和同学们玩一玩、看一看，上课时绝不能拿出来，放学马上带回去。以后也不允许带来，明白吗？"王强一听，马上破涕为笑，连声说："谢谢老师，谢谢老师。"

嘻哈版 故事会

　　令老师没想到的是,王强以前只是一个成绩普通的学生,这次事件之后,王强变得比以前努力了,成绩有了很大的提高。期末,王强给老师写了一封感谢信,他在信上说,谢谢老师对他的宽容,从那天起,他就下定决心,努力学习,不辜负老师对他的一番好意,决心以优秀的成绩回报老师。他做到了,很高兴,希望老师也能够替他高兴。

心灵悟语

　　宽容,能让一个人自觉地改正错误,还能增进彼此的感情,适当宽容也是一种教育的技巧。

情商故事

瘸腿小狗

一家宠物店门口挂着一块牌子，上面写着：出售刚满月腊肠狗。

一个小男孩看到牌子后，走了进来，怯怯地问道："我可以看看那些准备出售的小狗吗？"

店员微笑着说："当然可以，小朋友。"说完，她转身从狗舍里取出一个铺得很柔软的盒子，里面躺着6只毛茸茸的小狗，3只黑色的，3只黄褐色的，真是可爱极了。小狗们这时都睡着了。

小男孩问："姐姐，这些小狗多少钱一只？"

"很便宜的，只卖20美元一只。"

"这样啊。"小男孩没有继续问下去，只是蹲下身来，开始逗弄这些慢慢醒来的活泼可爱的小狗。小狗们陆续都被弄醒了，爬来爬去，憨态可掬。可是他发现有一只小狗一直没有动，虽然它也在努力地爬，但好像它的努力一点用也没有，它的腿似乎有些问题。

"这只小狗怎么了？"小男孩问道。

"它的一条腿瘸了，一出生就是这样。医生说没有办法治疗。"那位店员有些惋惜地说道。

"那我想买这只小狗。"小男孩指着那只小狗说。

"这只小狗不卖。"那位女店员听到小男孩这么说，想了一下，回答："如果你真的想要的话，我可以把它送给你！""不！"小男孩认真地看着店员，一字一句地说："我不需要您的赠予，这只小狗应该和其他

的小狗一样，它也应该值20美元！"

"但它的腿是瘸的啊，不可能像别的小狗那样蹦蹦跳跳地陪着你玩。"

小男孩低着头，轻声说道："其实我自己也不能蹦蹦跳跳的玩。这只小狗正需要一个理解它的人，给它一份关爱。"说完，男孩卷起裤脚，露出一条严重畸形的腿。"我的钱不够，我先付给您5美元，其余的钱我会在3周后给您送来。可以吗？"

那位店员点了点头，接过孩子的钱，对他说："孩子，我相信你。现在快去抱属于你的那只小狗吧！"

心灵悟语

善良和同情是人类的自然本性，但对于那些有缺陷的人来说，他们更需要的是平等和尊重。真正的善良，并非自上而下的施舍，而是一种能把万物苍生视为同一高度，并真正去尊重的情怀。

三个小光头

格雷森到了上幼儿园的年龄了，他很喜欢上幼儿园，因为幼儿园有很多小朋友能和他一起玩耍，所以每天从幼儿园回家后，他都非常开心，因为这一天他过得很开心。

一天，格雷森从幼儿园回到家后，将书包随便一甩，便坐在沙发上一言不发。妈妈看见后，感到很奇怪，因为以往孩子回家后都是很高兴的，今天是怎么了？她走到沙发边，也坐了下来，问道："怎么了，孩子？老师今天批评你了吗？"

"没有，妈妈，老师没有批评我，我难过是因为我们班上的小朋友凡客得了癌症，再也不能上幼儿园了。"格雷森难过地说道。

"他不会有事的，我们要有信心，癌症并不意味着死亡，对不对？"妈妈欣慰地劝着格雷森说。

格雷森犹豫了一会儿，抬头看了看妈妈，不安地说："老师都告诉我们了，他正在做化疗，头发都掉光了。"

"我想，过不了多久头发就会长出来的。"妈妈的心里也感到有些悲伤，毕竟这么小的孩子，就要接受这么残酷的现实。

"我和几个小伙伴约好了，想明天去医院看他，可以吗？妈妈。"

听儿子这么说，妈妈感到很高兴，因为她发现她的孩子是个有爱心的好孩子，她点了点头，说："很好啊！你可以带给他一些水果。另外，我明天会开车把你们几个孩子送到医院去。"

格雷森面带一些疑惑，低着头，小声地说："我们还想把头发都剃光。"

妈妈听到后先是愣住了，但她很快就明白了孩子的用意。

格雷森见妈妈没有反应，便抬起了头，坚定地对妈妈说道："妈妈，请带我去理发店一趟，我想剃光头。"

妈妈这时很心酸，不知道说什么才好，呆呆地坐在沙发上瞪着格雷森，也没有动。

格雷森拉了拉妈妈的手，再次恳求道："这是我出的主意。我跟另外两位小朋友说好了，我们也把头剃光，这样，凡客看到我们的样子和他一样，他就能放心了，也不会害怕了。"

妈妈看着儿子，非常感动，儿子的想法果然如同她猜想的那般，于是，她拉起格雷森，说："走，妈妈陪你去理发店。"

在理发店里，格雷森一边高兴地让理发师为他理发，一边唱起了歌。没过多久，和他约好的两位小朋友也和自己的家长出现在这家理发店。他们的家长都为孩子这样的行为感到无比的骄傲。理发师看到三个小朋友都剃光头，感到很奇怪，问明缘由后，他也被感动了，对孩子们说："你们个个都是好样的，所以我决定，今天免费为你们理发。"

回到家里，妈妈对格雷森说："我突然又有个更好的提议，明天去医院之前，你把你的小伙伴都叫到我们家来，我要送你们每人一顶帽子，你说好不好？我还有一顶珍贵的帽子，那是你姥姥从国外给我带回来的，我从来没有戴过，所以现在它依然很新，明天你就把那顶帽子带去给凡客，我想他一定会非常喜欢的。"

格雷森高兴极了，连忙给小朋友们打电话。一晚上，他都兴奋得不行，就连睡觉的时候，嘴角还挂着甜甜的笑呢。

心灵悟语

让孩子学会去爱人、关心人，培养他们善良、怜悯的心，只有这样，整个世界才会变得更加温暖。

情商故事

隐私风波

　　张敏和唐小小是无话不说的好朋友，唐小小平时有什么事都喜欢和张敏分享，当然也包括一些自己的私事。一次，朋友一起聚餐，大家聊得非常开心，但是张敏在聊天中无意透露了唐小小的一些私事，朋友们知道后，都取笑唐小小。因为这件事只有自己和张敏知道，所以唐小小确定，说出这件事的肯定是她。

　　张敏得知因为自己的疏忽导致自己的好友被朋友取笑，主动向唐小小道歉，没想到唐小小勃然大怒。后来张敏想继续保持两人的友谊，多次找到唐小小向其道歉，但是唐小小仍然不依不饶。两人就此反目成仇，开始互相攻击对方，并且在朋友圈互相诽谤对方。因为两人都想方设法去陷害对方，导致两人在工作中发生了严重的错误，先后被各自的老板解雇了。两人都失业了，这时，她们才对自己的所作所为感到后悔，但为时已晚。

　　宽容，"宽"就是打开心怀，"容"就是敞开心胸。要让自己拥有一颗善良的爱心，凡事为他人着想，得饶人处且饶人，这样，人与人之间才能和睦相处，才能不被生活琐事困扰，才能将最大的热情投入到生活和工作中去，才能为社会创造价值，作出贡献。

心灵悟语

　　宽容是一份爱心，爱自己，也爱别人，有爱才有宽容。少一份计较，便能多一份快乐。

嘻哈版故事会

铺　路

　　洛克菲勒并不是一出生就很富有，年轻的时候，他也是一无所有，像当时许多年少无知的年轻人一样，到处流浪，得过且过。不过，和他们不一样的是，洛克菲勒怀有十分远大的理想，他期望自己有一天能够有一笔任由自己支配的巨大财富。

　　带着这个伟大的梦想，洛克菲勒来到了一个距离家乡很远的偏僻小镇。在这个小镇上，洛克菲勒结识了镇长杰克逊先生。杰克逊先生已经年过五旬，他一直生活在这个虽不繁华但是却令自己倍感亲切的小镇上。他担任这个小镇的镇长也已经很多年了，但是镇上的人们却从来没有想过要选举新的镇长。

　　的确，杰克逊是担任镇长的最佳人选，他性格开朗、为人热情，而且平易近人。更重要的是，他的心地十分善良。无论是当地人，还是来到这个小镇上的外地人，只要与杰克逊有过一定的接触，他们很快就会感受到他的热情和善良，同时也会被他感染。

　　洛克菲勒住的小旅馆离镇长杰克逊家不远。每当洛克菲勒站在旅馆大门的旁边向远方遥望时，他都会看到镇长家门口的那个长满各色鲜花的花圃。每次遇到洛克菲勒，镇长都会停下忙碌的脚步，关心地询问这个独在异乡的年轻人有什么需要帮助的地方。当洛克菲勒需要一些生活用品时，热情的镇长夫人总是会十分高兴地给他送过去，而且镇长还会时不时地让他的女儿为洛克菲勒送去一些妻子做的可口点心。

　　在小镇上住了一段时间后，洛克菲勒仍然感到一无所获，他决定

情商故事

过几天就离开这个小镇了，去别的镇子看看。在离开小镇之前，他要特别感谢镇长给予他的关照。就在他准备向镇长告别时，小镇迎来了连续几天的阴雨天气，洛克菲勒不得不继续留在这里，同时，他也在心里咒骂着这该死的鬼天气，让他的出行计划泡汤了。

小雨时断时续，每当雨停的时候，洛克菲勒都会走出旅馆大门，看看镇长家门前那些经雨露滋润而倍加娇艳的花朵。这一天，当他走出旅馆大门的时候，他看到镇上来来往往的人们已经把镇长家门前的花圃践踏得不成样子了，原来连续几天的阴雨，让道路泥泞不堪，路人就踩着相对干净的花圃过路。洛克菲勒为此感到气愤不已，他真为镇长和这些花朵感到惋惜，于是站在那里指责那些路人的行为。

可是第二天，路人依旧踩踏镇长家门前的那些可怜的花朵。

第三天，镇长拿了一袋煤渣和一把铁锹，来到了泥泞的道路上，他先把袋子里的煤渣倒到路上，再用铁锹一点一点的把煤渣铺开，把泥泞的路填平了。一开始，洛克菲勒对镇长的行为感到非常不解，明明是那些人踩坏了他的花圃，他还要为那些人铺路。可是很快，他就明白了镇长的苦心，原来有了铺好煤渣的道路，那些路人再也不用踩着花圃走过去了。

最后，洛克菲勒还是离开了这个小镇，不过他知道，这次自己再也不是一无所获的离开了，他带着镇长杰克逊告诉自己的一句话从容地踏上了追求梦想的道路，那句话就是："善待别人就是善待自己"。

后来，洛克菲勒成为闻名于全美的石油大王，但他依然牢牢地将镇长跟他说的那句话铭记在心中。

心灵悟语

自私的人不愿意对别人付出任何关爱，所以他们永远都体会不到来自他人的友情和温暖。而那些胸襟开阔的人则始终生活在幸福和关爱之中，这些幸福和关爱既来自于别人，也来自于他们自己。

杂草中的芳香

约翰买了一栋房子，房子的后面有一个温室。搬进去前，他需要将房子整体收拾收拾，重新装修一下。他和妻子负责房间的重新装饰，大儿子迈克自告奋勇地去收拾后面的温室。

刚一进温室，迈克有点后悔了，眼前的景象吓了他一跳，由于整个夏天没有园丁来维护，院内杂草丛生，而父亲却买了很多新鲜的花卉，所以他打算采用最简单的方法：所有植物一律清除，改种自己新买的花。

两个星期后，他们收拾好了房间并搬了进来，原先的屋主听说他们已经住进来了，就前来探望。参观原来的温室后，他大吃一惊，问道："你们不喜欢原来那些名贵的牡丹吗？把他们移栽到哪里去了？"迈克突然意识到，他竟然把还没有开花的牡丹当杂草给铲除了。

迈克长大结婚后，买了属于自己的房子，虽然没有漂亮的温室，但是却带一个院子，院子的情况让他想到了记忆中的温室，院子甚至比原来的温室更加杂乱。但这次，他没有像小时候那样冲动。等到春天，那些在冬天看似杂草的植物都开出了美丽的鲜花；他仍然按兵不动，又等了一个季节，结果发现在春天貌似野草的植物，夏天却形成了锦簇；一个季度后，半年没有任何异样的小树，秋天居然红了叶子。直到晚秋，他才真正能辨认清，哪些才是杂草。在搬进来将近一年后，他才着手休整后院，铲除杂草，并将所有珍贵的草木重新布置成景。

心灵悟语

任何事物都存在多面性，有时一个时期看到的只是它的一面，只有宽容地任其发展，才能真正了解它。

情商故事

多一点宽容

有一位教师很会为人处事，结交的朋友也非常多。

想象不到的是，他的朋友真是五花八门，什么样的都有。他有一朋友是个酒鬼，嗜酒如命，吃饭必须喝酒，不吃饭也爱喝两口，但是这个人酒量极差，喝了就醉，醉后还会情绪失控，常常是闹得家人、邻居、朋友整夜难安。因为这个原因，这位酒鬼几乎没有朋友，认识的人见了他躲都来不及，更别提和他交朋友了。但是只有这位老师，每次都坚持陪着他，不厌其烦地劝诫他，并且试图阻止他酒后一切不合理的行为，把他安全送回家中，有时还会为他的行为善后。

他还有个性格极其暴躁的朋友，不但脾气不好，说话还极其刁钻刻薄，经常得罪人。有时朋友相聚时，别人一句不经意的话，就会让他大发雷霆，严重的时候什么都不顾，还有一次推翻了桌子。更多的时候，这位朋友都是突然说出几句刁钻刻薄的话，让在场的某人颜面尽失、无地自容。久而久之，很多人都不愿意理他了，只有这位老师依然与他保持着良好的友谊。

有些人不能够理解他，为什么会和那些脾气古怪或者有不良嗜好的人交朋友，甚至有些人认为，能和那种人成为好朋友的人，身上也一定有那种人的个性或者嗜好。但不管别人怎样想自己，或者在背后说自己，他总是说："每个人都有其属于自己的、独一无二的个性，每个人身上都有别人喜欢的优点，但同样也存在别人不喜欢的东西，就看你看

到的是哪一面了。能成为朋友，是因为我们身上都有对方各自喜欢的东西。为什么不能多一点宽容，宽容我们所不喜欢的，珍惜我们喜欢的呢？"

正是因为他的宽容，他身边的朋友越来越多。朋友们会在机会出现的时候积极围拢来，有钱的出钱，有力的出力，有智谋的出谋划策，有社会活动能力的努力贡献出自己的力量；朋友们会在有困难出现的时候，互相伸出双手，为有困难的人搭建一座克服困难的桥梁。正是朋友的存在，这位教师的人生之路才走得一帆风顺，生活得多姿多彩。

我们每个人都不可能完全凭借自己的能力独立走完人生之路的。只要别人的个性不会直接伤害到我们，为什么不能多一点宽容呢？

心灵悟语

宽容别人，其实就是宽容我们自己。多一点宽容，我们生命中就会有更多的空间。有朋友的人生之路，关爱和扶持将伴随着你，你不会觉得寂寞孤独；有朋友的生活，风雨会少一些，温暖和阳光将更多地洒在你的身上。